U1016107

塞上文艺名家书系

癸巳冬

郑歆平

朔方文札

杨继国 著

黄河出版传媒集团
宁夏人民出版社

图书在版编目(CIP)数据

朔方文札 / 杨继国著.— 银川：宁夏人民出版社，
2018.8
（塞上文艺名家书系 / 杨梓主编）
ISBN 978-7-227-06948-5

Ⅰ.①朔… Ⅱ.①杨… Ⅲ.①文艺评论—中国—当代
—文集②民间文化—文化研究—宁夏—文集 Ⅳ.①I206.7-53
②G127.43-53

中国版本图书馆 CIP 数据核字(2018)第 209226 号

塞上文艺名家书系 杨 梓 主编
朔方文札 杨继国 著

责任编辑 杨敏媛
责任校对 陈 晶
封面设计 黄河浪
责任印制 肖 艳

黄河出版传媒集团
宁夏人民出版社 出版发行

地 址 宁夏银川市北京东路 139 号出版大厦(750001)
网 址 http://www.yrpubm.com
网上书店 http://www.hh-book.com
电子信箱 nxrmcbs@126.com
邮购电话 0951-5052104 5052106
经 销 全国新华书店
印刷装订 宁夏精捷彩色印务有限公司
印刷委托书号 (宁)0010708

开本 787 mm × 1092 mm 1/16
印张 7 字数 220 千字
版次 2018 年 10 月第 1 版
印次 2018 年 10 月第 1 次印刷
书号 ISBN 978-7-227-06948-5
定价 38.00 元

版权所有 侵权必究

序：长河潺流两山间

郑歌平

宁夏历史悠久，文化源远流长，回汉各族群众在这片神奇的土地上创造了灿烂的文化。在六盘山与贺兰山之间的大地上，黄河从古到今潺潺流过，黄河文化、回族文化、西夏文化、红色文化等相互碰撞、相互交流、相互融合，塞上大地呈现出思想艺术俱佳、风格独特多样、雄浑典雅并存的文学艺术景象。

宁夏回族自治区成立后，尤其是改革开放以来，在自治区党委和政府的正确领导下，宁夏发生了翻天覆地的变化。而宁夏文学艺术也伴随着自治区的发展而繁荣，结出了丰硕的果实。一大批有朝气、有才华、有创意的优秀文艺人才，以讴歌时代、讴歌人民、凝聚力量、鼓舞人心为己任，辛勤实践，努力耕耘。一大批优秀的文艺作品，深情讴歌了我国改革开放发展的历程，生动描写了宁夏各族人民的生活，充分展示了生活中源远流长的真善美的情愫，浓墨重彩地描绘了宁夏人民奋斗拼搏的心灵图景。宁夏文学艺术已经成为对外宣传宁夏的一个明亮窗口，一张引人关注的精彩名片。

在文学方面，20 世纪 80 年代初，历尽人生磨难的张贤亮，以其饱经沧桑之后的慷慨悲歌重归文坛，他的中短篇小说三次荣获全国优秀小说奖，并被搬上银屏。同时，一批中青年作家佳作迭出，共同推动着宁夏文学的发展。90 年代，宁夏设立了繁荣宁夏长篇作品创作的“金骆驼丛书”，活跃了长篇作品的创作和出版。进入新世纪，宁夏文学由一棵“绿化树”到“三棵树”“新三棵树”，再到郁郁葱葱的“文学林”，宁夏青年作家群集体亮相全国文坛，纷纷摘得鲁迅文学奖、少数民族文学骏马奖、文学期刊奖等，入选 21 世纪文学之星丛书、中国作协重点作品扶持项目、各种全国选刊选本等，宁夏文学创造了继张贤亮之后的第二次辉煌。

在艺术方面，各文艺家协会按照“高举旗帜、围绕大局、服务人民、改革创新”的总要求，认真履行联络、协调、服务的基本职能，以“出人才、出作品”为中心，大力举办各种展览、演出、出版、评奖、研讨、交流、采风等活动，积极参与国家级梅花奖、金钟奖、荷花奖、兰亭奖、金像奖、牡丹奖、山花奖等奖项评比，频频获奖。不仅为宁夏艺术事业赢得了荣誉，也为宁夏文化大发展大繁荣作出了积极的贡献。

为了对宁夏前辈作家、诗人文学创作成就的回顾、总结和肯定，对宁夏文联前任领导的敬重、缅怀和回忆，2006 年 10 月，由宁夏文联编辑的《石天剧作选》《李震杰诗文选》，以“霜叶红丛书”的形式由宁夏人民出版社出版发行，得到了宁夏文学艺术界的肯定和好评。

为秉承文联传统，服务文艺名家，汇集优秀作品，树立学习典范，弘扬“爱国、为民、崇德、尚艺”的文艺界核心价值观，为建设开放宁夏、富裕宁夏、和谐宁夏、美丽宁夏增光添彩，宁夏文联决定启动“塞上文艺名家书系”工程，为宁夏在全国有一定影响的国家级会员、德高望重且成就突出的文艺家，为宁夏文艺事业作出突出贡献的各个门类的领军人物，编辑出版代表性、经典性、权威性的作品选集。2014 年 5 月，“塞上文艺名家书系”工程第一辑《肖川诗选》《《冯剑华文选》由阳光出版社出版；2015 年 9 月，第二辑《路展童话选》《吴淮生诗文选》《张贤亮诗词选》由宁夏人民出版社出版；2016 年 9 月，第三辑《曾杏绯国画选》《高嵩文艺评论选》《马知遥文画选》由宁夏人民出版社出版，在宁夏文艺界产生了普遍的赞誉。这次编辑出版《宁夏摄影名家作品选》《朔方文札》《荆竹文艺论评选》，必将为宁夏文艺的繁荣产生积极的影响。

“塞上文艺名家书系”工程由宁夏文学艺术院负责实施。期望文学艺术院坚持“二为”方向、“双百”方针和“三贴近”原则，发挥“培扶人才，编研作品”的职能，以流芳百世为目标，选取思想性与艺术性俱佳的作品，做好资料搜集、编辑校对、设计印刷等各项工作，使书系工程成为宁夏文艺界的一个响亮品牌，成为外界了解宁夏文化建设的一个重要窗口，成为宁夏文艺事业大发展大繁荣的一个具体看点。

是为序。

2017 年 2 月 15 日于银川

目 录

试论文学民族化的实质

文学要民族化，这是文学创作的一个重要的美学命题。所谓民族化，主要是指民族文学的发展过程和应达到的标准与归宿。近年来，这个问题已日益引起人们的重视。但文学民族化的实质是什么？也就是说，它的内在规定性是什么？这在民族文学的创作实践上仍是一个有待解决的问题。

文学民族化的实质是什么？我认为，这就是真实、深刻地反映民族的社会生活。这是由民族文学的基本属性和创作条件所决定的。

文学是生活的反映，生活是文学的唯一源泉。“意识在任何时候都只能是被意识到了的存在”，“甚至人们头脑中模糊的东西”，也是他们“物质生活过程的必然升华物”。文学民族化作为一种审美意识和审美理想，固然与人们的精神世界有着密切的联系，直接间接地受到一定民族思维形态、文化传统的影响，但从根本上来讲，它也是对于审美对象，即客观物质生活的一种能动的反映，它的内容和特征，归根结底取决于审美对象的存在与发展，取决于社会存在的一定发展阶段和水平。任何一种审美理想，都只能从其产生的社会条件得到说明。因为，文学民族化的审美理想，也主要是来源于审美对象本身，即来源于各民族历史地形成的社会生活。这种社会生活，作为现实美，是美的客观存在形态，是艺术美的真正源泉。正是在这种悠久深厚的生活基础上，形成了各个民族不同的风格。所以，我们讲文学的民族化，并不是一时的心血来潮，也不是任何作家、理论家的主观臆造，而是由客观存在着的民族社会生活内容所决定的。各个民族的社会生活内容不同、地理环境不同，由此产生的风俗习惯、历史文化传统不同，他们的文学就必然带有各个民族的鲜明色彩。如，我国古代有两首著名的诗歌：“江南好，风景旧曾谙。日出江花红胜火，春来江水绿如蓝。能不忆江南？”(白居易《忆江南》)“敕勒川，阴山下；天似穹庐，笼盖四野。天苍苍，野茫茫，风吹草低见牛羊。”(《敕勒歌》）两者描写的都是自然景色，千百年来久诵不衰，永载史册，但它们各自的艺术风格不同，给人的审美感受不同。为什么呢？是迥然不同的民族生活内容和环境造成了这种差异。这也证明了，审美感受的特点归根到底是审美对象特点的反映，客观世界的多样性决定了人们感觉和表现的多样性。我国各民族历史悠久，文化璀璨，标奇斗艳，各呈异彩。这不正是我国地域辽阔、民族众多、风俗各异、生活多姿的产物和结果吗？

当然，现实美不等于艺术美。那种把艺术形象仅仅归结为客观因素，把艺术形象混同于艺术对象，即混同于现实生活的观点是错误的，这样只会导致自然主义。我们强调文学的民族特色源于民族的社会生活，并不否认艺术家个人的主观能动性。艺术生产，是最富创造性的一种精神劳动。不可想象，抹杀了艺术家个人的独创性和主观因素，会产生出脍炙人口、富有艺术感染力的好作品来。但是，如果过分夸大艺术家在艺术创作活动中的主观因素，则会走向另外一个极端。因为，艺术创作只能是主观与客观、感性与理性统一的产物。事实上，在艺术创作过程中，艺术家固然可以凭借想象的翅膀在艺术王国里自己飞翔。但是，翅膀的飞腾需要空气的托升。想象，不能不受艺术对象的客观规定性制约，受生活真实性制约。也就是说，他所创造的艺术形象，必须反映艺术对象的客观真实性，与对象的内在逻辑和基本特征保持一致。实际上，凡是经得起历史考验的真正伟大的艺术作品，不论如何富于想象和幻想，都是以生活实践为依据，受生活实践的客观规定性制约的，绝不是艺术家脱离生活、主观臆想的产物。艺术构思从本质上来讲，乃是一种特殊的认识活动，是在艺术家头脑中反映、再现客观现实的一种形象的思维活动。在这种思维活动中，艺术家总是以对现实生活的感性材料的感受作为创造形象的基础和起点，并且在艺术形象的全部创造过程中始终不脱离这个基础。例如，回族作家王世兴的诗歌《雪白的羊毛九道弯》：

> 无边的草滩像绿毡，
> 烝羊羔，
> 好像是珍珠（啦）一般。
> 阿哥手提羊毛剪，
> 和众人，
> 展开了丰收的激战。

从中可以看出，由于作家在创作过程中，以民族的劳动生活和生活环境的特点为基础，以对民族生活具体图景的感受为起点，因而写得清新隽永，意境深远，具有浓厚的民族风格与地方特点。再如电影《冰山上的来客》中的"刁羊"、《五朵金花》中的"三月街"，这些富于民族色彩的动人画面都给人们留下了深刻的印象。而这些无不是现实本身就存在的丰富、完整的感性形态。这种现实生活所具有的富于个性的感性形态，经过艺术提炼，呈现于我们面前，就使人们得到了一种特殊的富于民族色彩的美的享受。因此可以说，一个具体艺术形象孕育和诞生的过程，也就是作为主体的艺术家对作为客体的艺术对象认识、表现的过程，即从生活向艺术，从现实美向艺术美不断推移、转化的过程。在这过程中，民族生活条件的客观制约性起着十分重要的作用。正如别林斯基所指出的："既然艺术，就其内容而言，是民族的历史生活的表现，那么，这种生活对艺术自必有巨大的影响，它之于艺术有如燃油之于灯中的火，或者，更进一步，有如土壤之于它所培养的植物。"

所以，那种片面夸大艺术家的主观作用，把艺术形象仅仅归结为主观因素的观点是错误的。如果以这种美学思想去指导文艺创造，那就必然脱离生活本身的内在逻辑，随心所欲地凭空编造艺术形象，而产生艺术的虚假。虚假是文艺的大敌。我们许多作者，尽管抱着为少数民族群众服务的热忱，但其作品却不受人民群众的欢迎，有的甚至激起了他们反感，原因即在于此。电影《六盘山》的失败便是一例。这部作品的主题立意虽是好的，在“民族色彩”方面也下了不少工夫。但是，许多方面却违背了生活的真实。比如伊斯兰教是禁酒的，影片中竟出现了回族宗教人士围桌而饮的场面。回族是没有殉葬的，连日常生活用品都不放入墓内，影片中却出现了回族人士以活人殉葬的情节。这样奇则奇矣，但“酌奇而失真”，产生了相反的艺术效果。

固然，就叙事性文学作品来说，塑造民族的典型性格，是民族文学的一项重要任务，一部具体文学作品中的民族性格成功与否，也确实集中反映着这部作品的民族风格。我们一些同志之所以认为文学民族化的实质在于民族典型性格的塑造，原因大概即在于此。然而，这只能说是看到了问题的表面现象。因为它并不能回答民族性格的所谓“民族性”是怎样来的，怎样才能使人物性格具有民族性的问题。

我们并不否认，在一定的历史阶段下，一个民族的性格、心理、审美趣味存在着某些共同性的东西。也不否认，相对而言，各个民族在思想、心理、个性方面存在着一定的差异。诚如鲁迅先生所指出的：“法人善于机锋，俄人善于讽刺，英美人善于幽默。”然而，这种相同与不同又是怎样形成的呢？也就是说，一定民族的性格特征是怎样形成的呢？构成民族间性格差别的决定因素是什么呢？

一定民族的性格特征是怎样形成的呢？马克思主义创始人深刻指出：“人们的性格是由环境所造成的。”“人创造环境，同样环境也创造人。”这个“环境”，主要指的是在每个历史时代基本的和具有决定意义的社会政治环境，人们的物质生产和生活的方式。环境创造人，也就是说，人们自己创造自己的历史，但是在客观的、不以他们的意志为转移的社会历史环境下创造自己的历史的。人的丰富个性的形成只能是社会历史的发展的结果。同样，民族是历史地形成的，她在人们社会生活的一定阶段上产生。把一个民族跟另一个民族区别开来的民族性格和心理特点，也同样是历史地形成的，是在每一个民族的发展过程中被确定下来的。所以，文学艺术中所反映的典型人物的民族的性格特征，不是超越时空，天然具有的，也不是秘密地预先注定的，而是在民族历史的发展过程中，在社会生活条件的制约和周围自然环境的影响下形成的，是民族社会生活的结晶。同时它们本身也是不断发展变化的。马克思在论述希腊史诗时，把史诗所描绘的古代希腊民族形象地比喻为“正常的儿童”，指出这种性格是由产生它的那个“不发达的社会阶段”与“未成熟的社会条件”造成的，应用的就是这个方法。

既然民族性格是民族社会生活的产物，那么它就不能不受民族生活客观性的制约。从文学上来说典型性格则是作家、艺术家从一定民族的生活环境中加以选择、提炼、集中、概括的产物。它是生活本质的映象，而且是生活的产物。正如斯大林所指出的，它是民族“生活条件的反映”，是民族作家“从周围环境得来的印象的结晶”。因此，在民族的文学创作中，对民族生活的深入感受和准确把握是民族典型形象塑造成功与否的关键。只有民族的社会生活，才能赋予典型人物以富于民族色彩的深刻内涵与意蕴，才能使民族典型人物具有内在的有别于其他民族的性格特征。

例如，鲁迅的《狂人日记》与果戈理的《狂人日记》，两个主人公的“狂”，在其外在的表现形式上是基本一致的，在纯性格、气质特征上没有多少不同之处。但鲁迅笔下的“狂人”，是在我国特有的半封建半殖民地的典型环境中形成的。而果戈理笔下的“狂人”，则植根于俄国的农奴制社会。由于两个典型所赖以产生的社会环境、所反映的社会生活内容各不相同，他们便具有了质的区别，显示出来的是两种鲜明的民族性格，这两部作品便具有截然不同的民族特色。

有些同志或是只注意了少数民族人物外在特征的量的普遍性，而不着重把握这些人由生活所制约的必然本质及内在的规律性，即质的规定性；或是脱离民族生活的实际内容，把抽象的、自然意义上的“类”的概念同历史和社会意义上的典型概念混淆起来，片面地追求那种所谓绝对纯粹的“特征”。因而，凡论及我国各个少数民族的民族性格时，总是那么几个空泛的术语，如“剽悍”“粗犷”“憨厚”之类，并认为这是民族性格的“核心”，民族心理素质的“精髓”。长期以来，这些概念似乎成了一种惯用词汇，不管是论及哪个民族，翻过来覆过去总是那么几个概念。这显然是一种不科学的做法。毫无疑问，这些词只能说是某一类性格的概念，并不能反映一个民族的共同性格特征。因为这是许多民族共有的，决不是某一民族所独有的。况且，即使在一个民族内部，人们的性格也是千差万别，决不会都是一个类型的。所以，我们如果忽视了民族性格受民族生活制约的客观规律，脱离生活，为特点而寻找特点，一味在所谓“独特”的纯气质特征上下功夫，不但达不到预期目的，反而会走上形式主义的道路，出现类型化、简单化的弊病。

至于那种脱离民族生活条件和历史发展过程，仅在文学内部探求民族特点的渊源，片面追求那些脱离民族生活的特征，或是简单地把民族特点的形成归结为民族文化传统的重复、一般形式特征的演化和继续的观点，更是错误的。不可否认，形式问题是艺术美学中一个重要的问题，文学的民族特点，往往直接表现在它所独有的艺术形式上，然而，文学作品的内容和形式的关系是辩证统一的；其中，内容占据着指导的地位，内容决定形式，形式反映内容，为内容服务，请看下面两首诗歌：

震动山峰的，
是黑马的四只蹄子。
动人心意的，
是韩密香的两只眼睛。

米筛筛米米在心，
嘱妹连哥定真心；
莫学米筛千只眼，
要学芭蕉一条心。

同样的情歌，前者是蒙古族的，后者是瑶族的，语言、风格各异，比兴方式不同，鲜明地反映了民族艺术形式受民族内容制约的特点。我国各民族色彩斑斓的生活本身便蕴藏着并为我们提供了文学民族化所必需的无比丰富的形式和特征（有些尽管还处在原始的状态），只要我们认真撷取和挖掘，是不会辜负生活的厚赠的。

当然，我们讲文学民族化的实质是真实地、深刻地反映民族的社会生活，并不是说民族形式、民族性格、民族心理这些东西不重要，不必要，而是要端正它们与生活之间的关系，以便从一个正确的立场、角度去发掘它们、表现它们。目前，一些理论上的模糊认识，往往阻碍着我们的创作。如斯大林讲过："每一个民族，不论其大小，都有它自己的、只属于它而为其他民族所没有的本质上的特点、特殊性。"可是，我们有的同志却把它理解得很狭窄，在讨论这个问题时，离开民族生活的实际，过分要求那种所谓只属于自己而为其他民族所没有的特征。这样作茧自缚，便使文学的民族特点变得玄而又玄，很难捉摸，使人如坠五里雾中，反而把握不到真正的特点了。

冲决了人为的形式主义的樊篱，掌握了文学民族化的实质，我们就可以看到，民族文学的创作天地是何等的广阔！在这个广阔的原野上，开放着多少色彩绚丽、芳香醉人的民族文学之花啊！各民族色彩斑斓的生活形态本身使蕴涵了无比丰富，无比生动，取之不尽，用之不竭，足以使我们某些文艺作品相形见绌的东西。因此，从某种意义上来说，只要你的作品真实地反映了民族的社会生活，就必然地带有民族的特点。

参考文献

①《马克思恩格斯选集》第1卷,人民出版社,1956年。

②《中国回族文学作品选·现代诗歌》,宁夏人民出版社,1980年。

③《文艺理论学习参考资料》上册,春风文艺出版社,1982年。

④《鲁迅全集》第5卷,人民文学出版社,1981年。

⑤《马克思恩格斯全集》第3卷,人民出版社,1956年。

⑥《马克思与世界文学》,生活·读书·新知三联书店,1980年。

⑦《斯大林全集》第2卷,人民出版社,1954年。

⑧《中国少数民族文学》中册,人民文学出版社,1982年。

⑨斯大林:《马克思主义与民族殖民地问题》,人民出版社,1953年。

[原载《宁夏社会科学》）1985年第3期]

论少数民族文学的文化视角

对于少数民族文学创作，我们曾经有过许多不同的美学审视角度和表现重点。有从风土人情的角度，有从民族情感的角度，有从民族意识（或所谓的“民族眼睛”）的角度，有从民族性格的角度……众说纷纭，莫衷一是。这些论点确实都是文学民族化的必要条件。但若将它们彼此孤立起来，各自强调过分，也有可能走向自己的反面，导致褊狭和失误。所以，少数民族文学创作，需要一个更恰当、更科学，据此可以窥见更广阔天地的审美视角。它应该是——文化角度。

文化角度，就是从“文化学”的角度来认识、表现民族生活、民族心态。其实，这乃是在少数民族文学创作中的一个客观存在。目前，国外的“文化学”是一个十分热门的科学，国内文学界也兴起了一股“文化热”的潮流。但是，我们一些少数民族作家，却认为这仅仅是“寻根派”作家们的事，他们在理论上淡漠，在创作上依然故我，使自己的作品停留在封闭、凝滞的状态，这不能不影响我们少数民族文学创作的实绩。

一

少数民族文学以文化作为自己的审美视角和表现重点，首先，是可以深入地把握民族的个性特征，从而更有利于民族风格的形成。

作为一定民族的文化，是一定民族社会实践的产物。一个民族共同的物质生活条件、生活方式，必然形成共同的民族文化传统和民族文化意识，并且随着历史的演进和民族的发展，潜入人们的心灵深处，积淀为具有某种共同性的思想观念和心理结构，从而形成这个民族独有的精神传统和遗传基因，成为民族心理的最深层的部分。因此，文化是区别各个民族的标志。一个民族的特征，从文化的角度来表现，有时比用地域、种族、政治的角度来表现意义更加重大。对于那些从表面上看来“特征”不甚显著的民族尤其如此。如关于回族，按照斯大林提出的关于民族的定义，回民族似乎是不完全具备的：在居住上非常分散，聚居地区不大，聚居人口不占多数；在经济生活上与所在地汉族及其他民族结为一体；长期使用汉语汉文，从这些方面来看可说是很少具有自己的特征的。但是，从“文化”角度来看，她又确实与众不同，与其他民族构成了鲜明的区别和对照。如从回族群众的风俗、宗教、信仰中，从他们待人处世、待人接物的方式和习惯中，从他们对待家庭、朋友、客人的态度中，我们都能感觉到一种特殊的传统文化的存在，并由此强烈地感知到这个民族独有个性的存在。所以，少数民族文学创作从文化角度出发，可以更好地认识、把握民族的历史传统和个性特征，使自己的作品更集中、更鲜明、更深沉地反映出少数民族人民的独特精神风貌来，从而为民族风格与地方色彩的形成创造最基本的条件。

其次，少数民族文学创作从文化角度出发，可以使其具有更大的蕴涵、容量和更纵深的历史感。

我们讲少数民族文学创作从文化角度入手，并非是为了猎奇一些生活的表面现象，而恰恰是为了潜入生活的底流，捕捉住少数民族生活中相对稳固和具有更广泛代表性的东西，从而更真实、深刻、集中地反映生活和时代的本质。

法国美学家丹纳讲过："艺术品等级的高低取决于它表现的历史特征或心理特征的重要、稳定与深刻的程度。"历史的发展纷纭复杂、日新月异，生活的河流波动浪移、瞬息万变。怎样穿透历史生活的表层，把握到相对稳定、深刻、典型性的东西呢？通过文化这个中介是一条有利的捷径。因为文化与社会生活中急遽变化的某些表层现象不同，不但具有相对的凝聚性和恒定性，而且具有很大的概括性和代表性，其潜在力和渗透力是极其强大、无处不在的。从横向上看，它渗透了社会生活的各个方面，每一处缝隙；从纵向上看，它又是千百年来民族历史、民族心理和民族传统的"积淀"。历史的规律和生活的奥秘也许在历史和生活河流的表层了无痕迹，难以捉摸，但可能化为文化的形式沉积到河床的底层和人们意识的深处，形成一种传统制约着人们的精神。因此，少数民族文学创作通过文化角度，可以整体地在历史与现实和未来的融会中把握少数民族人民生活的意向和本质，避免对于生活单向、表层的描写，使作品具有更大的蕴涵、容量和更纵深的历史感。

再次，少数民族文学创作从文化角度出发，可以使其从单一的社会性主题脱离出来，具有多方面的美学价值。

长期以来，我们少数民族文学创作的视野过于狭隘、单一，基本上停留在社会性主题上，除了歌颂党、歌颂祖国、歌颂领袖之外，就是民族团结、好人好事、家乡巨变。这种单纯的主题指向，忽略了对民族历史文化、民族文化心理的开掘，使我们的创作停留在平面地摹写现实，表层地反映生活的变化，作品文化层次低，缺乏韵味和厚度，经不起时间的检验，不仅反映不了生活丰富多彩的形态，而且往往容易形成一种僵死的创作套路，影响了少数民族文学发展的成就。要改变这种状况，提高少数民族文学创作的水准，作家必须要使自己的创作上升到文化层次上来。

从文化的角度来看，少数民族文学创作的天地将是无比广阔的。少数民族人民的生活五彩纷呈，不仅是那些新生活的斑斓色彩可以成为我们美的表现对象，而且那些古老的、传统的民族生活中也闪烁着美的意蕴。带有野性的民间艺术，贫穷中产生的勤奋俭朴，闭塞中幸存的单纯天籁，低俗的生活方式中的人际关系、道德观念，未开发的原始的自然环境与陈旧的生产方式，带有上古遗风的率直、粗犷、剽悍的性格……这些从政治角度看，从社会发展的目光来看，也许是无价值的，是落后的，是与今天的文明社会所对立的、野蛮的、不能容忍的东西。但是，从文化的角度来看，他们却构成了一个民族活生生的历史和现实，具有一种原始的、古朴的、自然的、单纯的、真情的美，有些恰恰是被物质文明的发展而破坏了的，为我们今天的社会所缺乏所需要的。如自然美丽的风光，人与人之间的真挚关系等等。因此，从文化的角度来看，作家的这种描写，不但是可以理解的，而且是传神、深得生活“真髓”的。

从文化的角度出发，少数民族文学创作的艺术发展道路也是无比广阔的。少数民族的文化传统源远流长，不仅在内容上、形式上有自己独特的品性，而且在审美眼光、艺术思维定势以及艺术表现方式等方面与汉民族有明显的不同。艺术的生命在于个性。没有个性便没有艺术。拉丁美洲“文学爆炸”的成功经验告诉了我们，他们经过了从乡土文学到现代文学的顽强探索，正是通过借助传统文化的独特形态和与众不同的艺术思维、艺术表现使自己的文学步入世界的。我国的少数民族文学从文化角度出发，本身就包含着创立新的文学形态和新的美学风范的现实可能性。我们少数民族作家假若都能从各自的文化传统中选定自己最佳、最富于个性的美学追求风范，我国的少数民族文学创作，走向世界将是指日可待的。

另外，作为我们少数民族作家来说，创作水平的提高离不开文化素质的培养。如果说我们的少数民族文学创作相对落后的话，那么，我们与汉族作家相比，主要的原因在于我们整体的文化素质较低。过去，我们在生活积累方面强调较多，这无疑是应该的。但是，从目前的情况来看，少数民族作家大多生活、工作在基层，有的则是从基层上来的，他们在生活积累方面是并不亚于汉族作家的，有些还有长于汉族作家的地方，但由于他们生活环境的限制及历史造成的原因，文化提高慢，信息来源少，理论素养低，知识结构单一，因而影响了对生活更深刻、透彻的洞察、认识、理解与把握，使其所长得不到发挥。因此，提高少数民族文学创作水平，必须提高少数民族作家的文化水平。少数民族作家如若对文化不重视，不加强自己的文学素养与理论素质，光凭对生活的直观认识与朴素理解，要拉平与汉族作家的距离是困难的。

二

少数民族文学以文化作为自己的审美视角和表现重点，在创作实践中、弄清其文化组成和价值判定则是十分必要的。

文化，并非单纯地指人类所创造的科学知识。它有广义、中义、狭义之分。作为广义的文化，指人类所创造的一切物质财富与精神财富，几乎无所不包，其范围是极其广泛的。那么，作为少数民族文学创作中的有价值的文化组成是哪些呢?

比较起来，主要为以下三类。一类是少数民族人民以书面或口头语言形式出现的直接的文化创造，包括民族传统的文学、艺术、政治、法律、宗教、哲学、伦理道德、科学知识等等。一类是少数民族人民在物质生活的创造中体现出来的文化特征，如民族的传统建筑、服饰、行为方式、劳动工具、工艺技能、社会制度等等。再就是既非语言文字符号记载又非物质化的潜藏在少数民族人民意识深处的活化的文化特征，如民族独特的风俗习惯、心理素质、性格特点、思维方式等等。

这些作为民族文化的有机成分，不但构成了一个民族的个性特征，而且在民族历史的长河中，呈现为无限丰富的运动状态，成为我们少数民族文学创作特有的取之不尽、用之不竭的珍贵财富。

我们少数民族作者要想很好地占有、消化这笔财富，除了深入少数民族人民生活、学习少数民族文化之外，还需要在理论上正确解决以下问题。

一是文化传统问题。传统不仅把民族的过去、现在、未来联系起来，显示了一个民族的同一性，而且使每一个民族都有自己独特的思维方式、价值观念、风俗民情、宗教渊源、审美特征等与别民族相对的差异性。可是，对于民族文化传统，我们已经形成了一个思维定势，总认为它是过去的，与保守、陈旧、落后同义的，是与现代社会、现代文化格格不入的。其实，这是不完全的。

从文化学的观点看，传统是流动的、发展的，并不仅仅是存放旧物的库房。每个民族的文化传统，既是共时性的，又是历时性的，不可能是一种凝结了的、过去的实体，而是永远在“现实”中被理解与复制的动的流程。传统文化内涵的复杂性和丰富性是无限的、不可穷尽的，是一个多层次的未定点。我们每一代人不仅是文化的承受者，从前一代人那儿继承着传统；而且也是文化的创造者，在前一代人的基础上影响、改造、创造着新的传统。所以，民族文化传统并不完全是一个民族的包袱，也不完全等同于因袭、守旧，它作为一个民族的文化整体意蕴、一个民族的心态，是内在而绵延不绝的，是一个民族赖以生存的精神支柱。因此，少数民族文学创作对民族文化传统的盲目反叛是极其有害的。例如，关于宗教，有人过去一直将其视为封建、反动的东西，将它作为封建、资产阶级的专利品而予以全盘的否定，这是不对的。其实，宗教也是一种复杂的文化现象，本身也在不断地发展、衍变。目前，一些地方，尤其是一些少数民族地区的调查报告表明，在这些地方，宗教有时竟能给精神文明建设带来一定的积极作用。凡是信教的群众，大都能遵守法纪，热心助人，不做坏事，家庭、邻里和睦。这种现象作何解释呢？有人认为，宗教的发展经历了三个阶段，即自发的宗教、具有人为因素的神学宗教与道德宗教。现代历史的发展使宗教力图用神学的道德力量来影响人们的精神生活，继续发挥自己的社会作用，这就使它在今天的社会中有其存在价值，有一定的和谐相容性。其实，宗教本身具有极大的包容性与明显的两重性。它的世界观是唯心主义的，但却也集中了博爱、慈善、爱人如友等宗教人道主义的美德。从抽象的意义讲，当教权不属于剥削阶级时，这些在今天确能发挥较好的积极作用。它的经典是教徒崇拜的“圣物”，却又是珍贵的文学作品。它保留、记载的那些富于魅力的神话、传说、故事，那些优美、睿智、生动的形象，凝练深刻的格言、寓言、谚语，不是可以直接作用于我们的少数民族文学创作吗？

尤其需要注意的是，在少数民族地区，由于宗教在历史上长期的特殊地位，成为支配他们思想的一股神奇的力量，有的还逐渐融化为民族心理、民族风俗的一部分，因而，通过宗教这个中介，可以使我们更深入地理解并把握少数民族人物的思想意识、人生哲学、心理素质这些活化的文化特征，并且有助于民族典型性格的刻画与塑造。

这些年来，我们少数民族文学创作尽管冲破禁区、大胆地创作出了一些涉及宗教的作品，但由于其中的一些作品只是从单纯的政治功利角度而不是从文化角度出发，对宗教不是粗暴否定就是全面肯定，挖掘不到它所蕴藏的深刻社会与文化内涵，因而缺乏力度和深度，值得我们深思。

二是关于民族性格问题。这是与前一个问题相关联的问题。我们少数民族文学创作一直极其重视民族性格问题，有人甚至称之为文学民族化的“精髓”，这不能说是不正确。但是在具体的创作中，他们又往往容易将民族性格处理成为表露于外的气质、行为特征，使得各个少数民族的人物形象，大都脱离不开“剽悍”“粗犷”之类模式和窠臼。造成这种现象的一个重要原因，就在于我们许多少数民族作者忽略了人物性格中的文化因素，因而不能深入地把握住民族性格的内在蕴涵。

民族性格，是与民族心理密不可分的。在民族的诸特征中，只有共同的心理素质才是最活跃、最有生命力的因素。因而，它往往能够形成一个民族最显著的特征，成为一个民族保持自身巩固的最后的屏障。而且，对于诸如回族这样一些民族来讲，它是民族界限的最主要的标志，是团结本民族的主要精神纽带。这就告诉了我们，对于民族典型性格的刻画，必须深入到民族的心理素质层面才会成功。但是，民族的心理素质又是什么呢？我们许多同志尽管根据斯大林的论述作出了这样那样的解答，但却忽略了斯大林在讲这个问题时的前提，即：“表现于共同文化特点上的共同心理素质。”这就是说，民族性格、民族心理素质与民族文化密不可分。一定民族的文化，制约着一定民族的人物性格；一定民族的人物性格，制约于一定民族的文化。少数民族文学创作，离开了一定民族的文化传统，离开了该民族的思维方式、价值观念、审美眼光、人文风俗、宗教道德等文化渊源，是无以理解一定民族的特定心态的，也无以潜入一定民族人物的内心深处，寻找出他们深藏的几百、上千年积淀下来的心理基因，以及支配他们行为规范的内在特质，因此是写不好民族人物的。我们不少的少数民族文学作品摆脱不了模式化、外在化的窠臼，原因概源于此。

三是关于民族风俗问题。民族风俗习惯、民族行为方式以及民族服饰等，它们作为民族文学创作中的有机组成部分是不可缺少的。但是，我们有些同志却将它们作为无足轻重、可有可无的“点缀”而予以贬损、否定。其实，这是缺乏见地的。固然，文学的民族化并非仅对民族风习、民族外貌、服饰的描写，但它们也是一个方面，甚至是一个不可缺少的方面。因为，从文化学的观点来看，这些是属于社会的潜文化与隐文化的层次，由于它们往往反映了一个民族最深层的文化心理，具有顽强的保守性，因而，有时最能反映一个民族的特征和面貌。别林斯基就认为：习俗在每一个民族的差别性之间起着重要的作用，构成民族显著的特征。一个民族的习俗对于该民族是至关重要的，因为没有它们，“这民族就好比是一个没有脸的人物，一种不可思议，不可实现的幻想”。他还说：“习俗是一种神圣的、不可侵犯的除环境和文化进步之外不屈服于任何权力的东西！”他甚至认为：社会的本质，“不是单由服装和发式构成的，而且也是由风俗、习惯、概念、关系等构成的”；一个民族对事物的看法，是“通过习惯和生活方式取得的”。“每个民族都有两种哲理：一类是学究式的、书本的、郑重其事的、节庆才有的；另一类是日常的、家庭的、习见的。这两种哲理通常在某种程度上彼此接近；只要谁想描写一个社会，他就必须认识这两种哲理，尤其是必须研究后一种。”所以，民族风习作为民族历史文化的结晶在少数民族文学创作中的作用是不容忽视的，问题是作为作品的有机组成部分，而不是成为脱离主题、情节的游离物。那种将反映民族生活、民族精神与描写民族风俗割裂开来，甚至对立起来的观点和做法显然也是不正确的，需要我们在创作实践中纠正。

三

少数民族文学创作以文化作为自己的审美视角和表现重点，自然应该具有现代、开放意识，这是发展自己的文学创作的必要条件。

我们讲文化传统不等于保守，这是从文化发展的流程性的意义而言的。文化毕竟是一个芜杂、庞大的体系，几百、上千年的历史积淀使得它不能不良莠交杂、精芜参半。其中，既有民主性的精华，又有封建性的糟粕。因而，文化仅是一个中性的概念。少数民族文学创作要想作出正确的文化价值判定，准确地把握和更好地表现传统文化，首先，应该用现代意识指导自己。

现代意识是一个特定的概念，它的主导和核心，应是代表着现代中国以至人类根本利益和愿望的流向。因而，它不能不超越一定的民族、国家、阶级的界限，但是，又不能不联系本国、本民族的现实和未来命运来思考。它虽是一个新的名词概念，事实上，乃是文学民族化的基本要素之一。别林斯基早就说过："民族性应该是首要的，但不是唯一的条件；除了民族的之外，它还得同时是世界的，就是说，他的作品的民族性必须是人类思想之无形的精神世界的形式、骨干、肉体、面貌和个性。换句话说：一个民族的诗人不仅必须对本国具有伟大的历史意义，他的出现还必须具有世界性的历史意义。"他还说过："只有那种既是民族性的同时又是一般人类的文学，才是真正民族性的；只有那种既是一般人类的同时又是民族性的文学，才是真正人类的。"并认为这是文学民族化的"极致"。

理解了文学民族化的要素，知道了现代意识在少数民族文学创作中的重要意义，这样才能使我们的创作对传统文化的表现不是自然主义的机械反映和直观摹写，而是在一定的价值观念指导下的艺术把握和自觉选择。即使是表现那些陈旧、落后的文化现象，但由于是在现代意识的烛照下，具有明确的主导思想和积极的主题指向，不但不会产生消极的副作用，有时反而能够达到"化腐朽为神奇"的特殊艺术效果，显现出传统文化的新的价值形态来。

其次，民族文化并不意味着单一化，实际上，在目前全球性的文化交流正在以空前的规模和力度展开的情况下，任何民族的文化都是流动的、多元的，这就使得少数民族的文学创作也必须采取开放、宽容的态度。

少数民族文学是一个特定的文学概念，从美学上讲，它有自己质的规定性和基本的内涵。但是，它又不是僵死、封闭的模式，而是一个相对的、具有极大受容性的、与汉族文学彼此参照的文学体系。因为，任何一个民族都生活在人类的整体之中，彼此不可能不发生文化上和生活上的交流与联系。这就使得各民族的文化既有相对的独立性，又在互为补充、互相观照的过程中变化自己、发展自己、完善自己，以取得在民族文化之林中的地位。从来不存在一个凝固的、一成不变的文化模式，也从来不存在一个先天的、人为的、主观臆造出来的"民族文学"的模式。各民族的文学只能是在相互比较、碰撞、交流中发展自己，并且在彼此参照的发展中拉开各自的距离，以相对独立自己的。所以，我们今天的少数民族文学创作应该大胆地吸收、利用汉族乃至外国的优良文化传统、好的艺术表现手法和创作技巧，以提高、充实自己。否则，一味恪守自认为是

"民族的"传统艺术表现手法，不随着世界文学的发展而发展自己，路子是会越走越窄的。

当然，开放并不意味着背叛。民族传统文化是一个异常复杂的系统，全盘否定、盲目反叛是不利于新的文化建设的。人们只有在传统文化的基础上，或者以传统文化为坐标系来审视、吸收、利用外来文化，这样才能使自己不至陷入迷乱，得到真正有价值的调整和补充。瑞典皇家学院的古斯塔夫·赫尔斯特洛姆在英国诗人艾略特获得诺贝尔文学奖授奖前对他说："在你看来，人的获救在于文化传统的维持，在我们更成熟的岁月里，这在我们身上比原始有着更强的生命力。而我们要避免混乱就得维持文化传统。传统不是我们抱在身上死气沉沉的负担，在我们青年时代对于自由的向往中，我们曾试图把这种负担甩掉。这恰恰是未来的收获种子将要撒下的土壤。"这话对我们是有启迪的。新文化的发展，离不开民族传统的土壤。因此，我们少数民族文学创作在对外来文化传统的学习中，不能丧失了自己的文化特质和独立品性。只有坚持文学民族化的道路，在继承本民族文化传统的基础上善于吸收、消化外民族文化的精华，这样才能发展自己，使自己民族的文学就像那深广浩渺的大海，既有吞纳百川的气概，又有自己的独立品性。如若这样，在祖国的文艺百花园内，五十六个民族的文学争奇斗艳，各呈异彩，将会是多么令人神往的一幅色彩斑斓的画图啊！

参考文献

①《艺术哲学》,人民文学出版社,1982 年。
②《斯大林选集》上卷,人民出版社,1979 年。
③《别林斯基选集》第 1 卷,上海译文出版社,1979 年。
④《别林斯基论文学》,新文艺出版社,1958 年。
⑤《别林斯基选集》第 3 卷,上海译文出版社,1979 年。
⑥《美术》1986 年 7 期。

[原载《朔方》1987 年第 3 期]

试论鲁迅的文艺民族化思想

鲁迅先生，在其战斗的一生中，为中华民族政治上、文化上的翻身解放作出了不懈的努力。他对民族问题十分关切，曾购置了许多关于民族学、民俗学方面的书籍阅读研究；他对民族歧视、民族压迫的现象极为痛恨，早在日本留学时期，就对那些抱有民族偏见的少数日本学生，不仅“懒于酬对”，而且自豪地宣称“略一相度，敢决言其思想行为决不居我震旦青年上”，“黄帝之灵或当不馁欤”。在文学艺术上，他则要求文艺作品要具有鲜明的民族风格与浓厚的地方特色，要走民族化的道路。研究他的文艺民族化思想，学习他关于文艺民族化的论述，对于提高我们的思想认识水平，促进我国社会主义文艺事业的繁荣发展，有着十分重要的现实意义。

一

鲁迅的文艺民族化思想含有极为丰富的内容，它系统地总结了中外文艺发展史的有关经验，深刻地揭示了我国人民的文学艺术建设的客观规律。

文艺为什么要民族化，它有什么必要性呢？首先，鲁迅指出，这是由民族生活中客观存在的实际内容所决定的。各个民族，由于社会生活内容的不同及地理环境、风俗习惯、心理特征、历史发展的差异，形成了不同的文化传统。文艺的民族化就是这种特点在文艺上的反映。鲁迅很早就认识到了这一点。他说：“文学总是一种余裕的产物，可以表示一民族的文化，倒是真的。”指出，文学的民族化是各民族在文化上的差别的具体反映，是各民族文化水平的标志。他还说：“凡有美术，皆足以征表一时及一族之思维，故亦即国魂之现象。”进一步告诉我们，“美术”（当时“美术”一词是绘画、雕塑、建筑、音乐等艺术的总称）是国家、民族的“国魂”“族魂”之反映，是民族精神的集中表现。

鲁迅还以外国文学为例，分析西方一些民族文学风格不同的原因：“研究世界文学的人告诉我们：法人善于机锋，俄人善于讽刺，英美人善于幽默。这大概是真确的，就都为社会状态所制限。”指出：社会状态对各民族的文学艺术起着“制限”的作用，由于各个民族的社会状态的不同，在文学艺术上必然就呈现为各不相同的艺术风格。这是文学艺术上的一个客观规律，是不以人们的主观意志为转移的。这样，鲁迅通过生活与艺术之间辩证关系的深入剖析，令人信服地回答了文艺为什么要民族化的问题。

鲁迅还告诉我们：文艺的民族化是为了文艺的大众化。文艺的民族化与文艺的大众化有着密不可分的联系。鲁迅对于文艺的大众化是相当重视的。曾说：“为了大众，力求易懂，也正是前进的艺术家正确的努力。”但是在有民族存在的社会里，各个民族由于历史传统、文化素养、性格气质等多方面的差异，在艺术上的欣赏趣味是很不相同的。因而鲁迅又指出：“文学有普遍性，但有界限；也有较为永久的，但因读者的社会体验而生变化。北极的遏斯吉摩人和非洲腹地的黑人，我以为是不会懂得‘林黛玉型’的。”对中国人民来说，只有那些具有鲜明的中国作风和中国气派的文艺作品，才能为人民大众所欣赏，所接受。所以，鲁迅总是把文艺的民族化与大众化联系起来予以论述。他认为美术作品“为供给大众起见”，“可以多采用中国画法”。他主张：青年艺术家们“自然应该研究欧洲名家的作品，但也更注意于中国旧书上的绣像和画本，以及新的单张的画纸。这些研究和由此而来的创作，自然没有现在的所谓大作家的受着有些人的照例的叹赏，然而我敢相信，对于这，大众是要看的，大众是感激的!”真可谓语重情长。我们每一个文学艺术家都该从中汲取教益，提高自己对文艺民族化的认识。

那么，什么是文艺的民族化，它包含哪些要素呢？从鲁迅的有关论述中我们可以得知，文艺的民族化即：运用具有民族特点的艺术形式、手法来反映民族的现实生活，使文艺作品具有鲜明的民族风格与地方色彩。它的要素主要包括以下几个方面：

一是民族的艺术表现形式和表现手法。鲁迅看了美术家陶元庆的绘画展览后，曾欣然赞誉道：“他以新的形，尤其是新的色来写出他自己的世界，而其中仍有中国向来的魂火——要字面免得流于玄虚，则就是：民族性。”又说，陶元庆“用的是新的形和新的色；而又不是‘Yes’、‘No’，因为他究竟是中国人。”这告诉我们：陶元庆的绘画之所以是民族性的，是因为他在“形”和“色”等艺术表现形式、表现手法上采用的是中国民族的东西，从中可以看出民族传统的影响，而不是“Yes”“No”之类洋玩意儿。

二是民族风格、民族色彩。民族风格，是一个民族文学艺术成熟的标志。鲁迅认为，每一个作家、艺术家，每一个民族，都应在艺术上形成自己独特的风格。他说过：“我们试看别国的儿童画罢，英国沉着，德国粗豪，俄国雄厚，法国漂亮，日本聪明。”认为甚至在儿童画中都可以反映出各个民族的不同艺术风格。所以，他告诉我们：“风格和情绪、倾向之类，不但因人而异，而且因事而异，因时而异。”每个民族的文学艺术都应具有自己的风格和特点，不能千篇一律，毫无区别。他对中国的民族艺术风格要求很高，认为能“表记中国民族知能最高点的标本”，才是代表民族艺术风格的作品。他对当时某些作家的“衰惫”的文风很不满，认为只有上升时期的艺术风格，如“汉人石刻，气魄深沉雄大”才具有代表性。他主张中国的文艺作品要有中国的作风和气派，要反映出东方民族的审美观点，他之所以欣赏陶元庆的绘画，即在于：“作者是夙擅中国画的，于是固有的东方情调，又自然而然地从作品中渗出，融成特别的丰神了。”他给另一个美术家的信中，也希望他能“时时产生这样的作品，以这东方的美的力量，侵入文人的书斋去”。

对文艺的民族化来说，风景画和风俗画对构成文艺民族特点、增强文艺的民族色彩具有特殊意义。共同地域是民族形成的条件之一，自然环境对培育、熏陶民族气质、心理状态有不可忽视的作用，风俗画具有浓厚的社会内容和气息，是一个民族历史文化传统和心理素质的具体表现。鲁迅对这些方面十分重视，把它们当作文艺民族化的一个重要方面予以提倡。他提出：“我想，现在的世界，环境不同，艺术上也必须有地方色彩，不至于千篇一律。”他还劝告一位美术家说：“先生何不取汕头的风景，动植，风俗等等，作为题材试试呢。地方色彩，也能增画的美和力，自己生长其地，看惯了，或者不觉得什么，但在别地方人，看起来是觉得非常开拓眼界，增加知识的。”他还精辟地论证了这样做的意义：“现在的文学也一样，有地方色彩的，倒容易成为世界的，即为别国所注意。打出世界上去，即于中国之活动有利。” “我的主张杂入静物，风景，各地方的风俗，街头风景，就是为此。”高屋建瓴地为我们揭示了文艺民族化的重要意义及它在世界文艺中的地位。在当时的中国，鲁迅能够深刻地认识到这一点，实在是瑰才卓识、难能可贵的。

三是民族题材、民族精神。文艺民族化的实质是深刻地、真实地描写民族的社会生活，反映出本时代的民族精神。鲁迅是主张积极“为人生”的艺术的。他曾指出：“文艺是国民精神所发的火光，同时也是引导国民精神的前途的灯火。”因而他认为，文艺要真实地描写民族生活，反映民族精神。鲁迅的这种观点，从他对外国一些民族作家的评论上可以得到印证。他说俄国作家果戈理“开手是描写乌克兰的怪谈的，但逐渐移到人事，并且加进讽刺去。奇特的是虽是讲着怪事情，用的却还是写实手法”。他评价保加利亚作家伊凡·伐佐夫说：“他又做许多短篇小说和戏剧，使巴尔干的美丽，朴野，都涌现于读者的眼前。勃尔格里亚人以他为他们最伟大的文人。”他介绍另一个俄国作家安特莱夫说：“他有许多短篇和几种戏剧，将十九世纪末俄国人的心理的烦闷与生活的暗淡，都描写在这里面。”这都是以他们是否采取民族题材、反映民族生活、体现民族精神为标准评价的。我们从中不难看出鲁迅自己的对文艺民族化的要求。

鲁迅的这种观点，从他自己的创作中也可以得到印证。鲁迅很注意通过民族题材的写作，反映民族生活，表现中国民族特定时代、特定阶层人民的内心世界的。他曾说过：“所以我的取材，多采自病态社会的不幸的人们中，意思是在揭出病苦，引起疗救的注意。”他还指出，他所创作的艺术典型阿 Q，就是要“写出一个现代的我们国人的魂灵来”。由于他撷取了民族生活的形象画面，给他塑造的典型人物注入了民族的心理特征，因而他的作品浸透着中国民族的思想感情，他笔下的人物在气质上、性格上都带有不可替代的中国特点，在世界各国享有很高的声誉。法国的伟大作家罗曼·罗兰就曾激动地说过：“阿 Q 的可怜的形象将长久地留在人们的记忆里。”

鲁迅关于文艺民族化实质的论述，对我们今天尤有指导意义。我们有的作者，不是仅仅满足于给作品中的人物起几个有民族色彩的名字，说几句怪僻的民族语言，在作品后面安一个矫揉造作的尾巴，就认为是达到了文艺民族化的要求了吗！

鲁迅不仅完整地论述了什么是文艺的民族化的问题，而且还精辟地为我们指出了如何正确地衡量、评价文艺的民族特点、民族风格的问题。文艺的民族特点不是一成不变的，它具有相对的稳定性，但又不是一种超越时空、停滞凝固的僵死模式，而是随着历史的演进及民族社会生活的变化而不断地丰富、发展、革新和创造着的。“若精神递变，美术辄从之以转移。”所以，不能用那种所谓的“永久”的标准来衡量、评价文艺的民族特点、民族风格，更不能用那种随着民族社会生活的进步已成为落后甚至反动的尺度来衡量它、要求它。鲁迅在日本时，有一个中国留学生认为清朝的红缨帽有威仪，现在的服装无威仪，鲁迅就对他非常轻蔑，赠他一个绰号——“无威仪”。他认为，民族社会生活是不断前进的，不能希图保持或恢复那些在民族生活中已成为落后的东西，更不能用过去时代的标准来要求今天民族的艺术。他曾把西方民族的标准比作“密达尺”，说：“用密达尺来量，是不对的，但也不能用什么汉朝的虑傂尺或清朝的营造尺，因为他又已经是现今的人。我想，必须用存在于现今想要参与世界的事业的中国人的心里的尺来量，这才懂得他的艺术。”指出，要以今天的现实生活，以现今想要参与世界上的事业的中国人的心里的尺来衡量、要求文艺的民族化，这一点是非常重要的。否则，脱离民族生活的现状，否定民族的社会进步，认为越古老、越原始越有民族特点，就会不能正确地反映民族的现实生活，甚至会走向事物的反面，严重地歪曲民族生活的本质。这是需要我们格外注意的。

而对那种不承认民族之间的差别与特点，背离具体事物具体对待的科学方法，以一种固定的、各民族一律的尺度去衡量、要求民族文艺的做法，鲁迅也是十分反感的。他说：“舍了用惯的向来以为是‘永久’的旧尺，另以各时代各民族的固有的尺，来量各时代各民族的艺术……这往往使我们误解，以为要再回到旧日的桎梏。”指出：由于各民族之间存在着的实际差别和历史文化传统的不同及发展进程中的不平衡，我们不应该、也不可能用一种统一的、固定的尺度来衡量、要求各民族的文学艺术。这样，他实际是要求人们在文艺批评中，尊重各民族文学艺术的特性，注意保护鼓励和支持这种特性的充分发展。

二

鲁迅的文艺民族化思想，在中国现代文学史上具有十分重要的意义。它是鲁迅在“五四”以来的中国新文学运动的革命实践中发展起来的，是鲁迅与当时文化战线上的“封建复古”“全盘西化”等反动思潮的斗争中逐渐形成的。

中国的新文学运动是从“五四”开始的。五四文学革命，是中国文学史上一次真正伟大的革命。但是由于当时的文艺运动还处在探索发展的阶段，因而五四文学革命虽然从根本上推翻了封建文学的统治，却没有、也不可能完全解决新文学建设的各种具体问题。就当时及此后几年间新文学的整体来看。文学的民族化问题，尚未引起充分的重视，得到认真的解决。

一方面，新文学运动的文学家、艺术家们，他们于中国新文学的具体建设道路问题是比较模糊的。他们中的许多人，为了适应新的战斗要求，曾广泛接受了西方近代文化的影响。对于外国文学，发生过盲目崇拜的倾向，而对于产生于封建时代的中国文学的历史遗产，则采取了彻底否定的态度，没有注意汲取它的有益的营养。

另一方面，封建反动势力的代表，又向新文学运动发动着反攻，妄图把新文学运动引入歧途。当时与新文学进行斗争的主要是两种反动的文学思潮。一种是分别产生于1922年、1925年的“学衡派”“甲寅派”。他们诬蔑新文学运动为“模仿西人，仅得糟粕，雷同因袭，几乎千篇一律”。打着保存“国粹”的旗号，竭力鼓吹腐朽的复古主义，企图把新文学运动拉回封建文化的轨道。一种是从五四新文化运动统一战线中分化出去的资产阶级右翼文人代表的全盘西化主义。他们认为：“我们固有的文化实在很贫乏的，谈不到‘太丰富’的梦话。”“中国文学的方法实在不完备”，“西洋的文学方法，比我们的文学，实在完备的多，高明的多，不可不取例”。因而他们主张中国的文化应当“一心一意的走全世界化的道路”。这两种思潮虽然论点不同，目的不同，但有一点是相同的，即都是对文艺民族化的反动。他们中，一种虽然强调了民族的文化传统，实则是仅限于保持民族文化中落后的东西；一种则全盘否定民族文化传统，反对中国文学艺术的民族风格和民族形式，而在这种情况下，中国的文学艺术究竟该采取什么形式，走什么道路，在何种基础上发展，确是一个突出的、需要认真解决的问题。

鲁迅的文艺民族化思想，就是在这样的思想背景下产生，并经过他自己的革命文学实践而不断得到发展完善的。作为中国新文学的主将，鲁迅为建立中国新文学和无产阶级革命文学的理论，进行了廓清、开拓、奠基的伟大工作。他批评“封建复古”派是“用旧习惯、旧道德，或者凭着官力，将一切新生的力量压下去”。批评“全盘西化”派是“学了外国本领，保存中国旧习”。并指出了“五四”以来一些人的小说创作“在‘欧风美雨’中的飘摇”的不足，拨清了一些作家、艺术家的模糊认识，提出了文艺必须民族化的主张，解决了新文学建设的发展道路问题。并针对“封建复古主义”与“全盘西化主义”就文艺如何民族化问题，指出了具体的途径。

文艺怎样才能民族化，具有鲜明的民族特点与民族风格呢？鲁迅认为：“采用外国的良规，加以发挥，使我们的作品更加丰满是一条路，择取中国的遗产，融合新机，使将来的作品别开生面也是一条路。”

采用外国的良规，借鉴和汲取外国文艺的有益的经验，是文艺民族化的必要条件。俄国著名的民主主义文艺理论家别林斯基曾经指出：任何一个民族都应该向其他民族的文学“借取”自己所需要的东西，“甚至连民族的进步都是通过向其他民族借取来完成的”。鲁迅也深刻地感受到了这一点。他曾说过：“一切事物，虽说以独创为贵，但中国既然是在世界的一国，则受点别国的影响，即自然难免，似乎倒也无须如此娇嫩，因而脸红。单就文艺而言，我们实在还知道得太少，吸收得太少。”他还针对某些人的惧怕心理，运用生动的比喻，循循开诱道：“虽是西洋文明罢，我们能吸收时，就是西洋文明也变成我们自己的了。好像吃牛肉一样，决不会吃了牛肉自己也变成牛肉的。”因而他主张，对于外国的文学艺术，“一面尽量的输入，一面尽量的消化，吸收，可用的传下去，渣滓就听他剩落在过去里”。

择取中国的历史文化遗产，予以批判地继承，是文艺民族化的基本途径。鲁迅说过：“新的艺术，没有一种是无根无蒂，突然发生的，总承受着先前的遗产。”认为文学是有传统的，人们对文学艺术的创造并不是随心所欲地进行着。而必须在前人提供的基础上进行。作为中国的文学艺术，必须要注意汲取我们民族的历史文化遗产。因而他指出：“我们有艺术史，而且生在中国，即必须翻开中国的艺术史来。采取什么呢？我想，唐以前的真迹，我们无从目睹了，但还能知道大抵以故事为题材，这是可以取法的；在唐，可取佛画的灿烂，线画的空实和明快，宋的院画，萎靡柔媚之处当舍，周密不苟之处是可取的……”不但向我们提出了认真学习中国艺术史、正确地采取民族文化遗产的殷切希望，而且为我们提供了具体线索。

当然，汲取和借鉴不能照搬，也不能凑合。当时有人有这样一种观点，认为“汉以后的词，秦以前的字，西方文化所带来的字和词，可以拼成功我们的光芒的新文学”。

鲁迅尖锐地批评这种观点说："这光芒要是只在字和词，那大概像古墓里的贵妇人似的，满身都是珠光宝气了。人生却不在拼凑，而在创造，几千百万的活人在创造。"指出对中外文化遗产的汲取都不是搬来就成，还必须要经过创造。他认为，正确的方法应是兼收并蓄，以我为主。可以把中国民族传统的艺术形式，与"欧洲的新法融合起来"。但要"竭力使人物显出中国人的特点来，使观者一看便知道这是中国人和中国事"。

鲁迅自己的小说创造，便是这方面的光辉范例。他善于批判地继承我国古典文学和外国文学的优秀传统，在现实的基础上加以革新创造，因而使自己的创作具有独特风格与特点。如他借鉴了外国文学中不用曲折的故事情节，仅把日常生活的断片、景物穿插串联起来，展开故事和描绘人物的手法，又吸收了中国古典文学、民间文学的白描和摹写，把它们水乳交融、天然合体地揉到一起，从而使自己的作品在民族化方面达到了使人难以企及的艺术高度。所以苏联作家法捷耶夫曾指出："鲁迅是真正的中国作家，正因为如此，他才给世界文学贡献了很多民族形式的不可模仿的作品。"这个评价，是很公允的。

三

鲁迅关于文艺民族化的最主要的一些论点，是在1927年以后提出来的。可以说，他的文艺民族化的思想，基本上是在他的世界观得到了转变以后才形成的。这绝不是偶然的巧合。这是因为，1927年以后，他由于较系统地接触到了马克思、列宁主义，世界观达到了由民主主义向共产主义的伟大飞跃，能够以马克思主义的观点和方法深刻地观察、分析文艺现象的缘故。

鲁迅的马克思主义世界观的形成，是经历了一个量变到质变的过程的。他对马克思主义的接触，则是他的世界观转变之前就已经开始了。早在五四时期，他就通过《新青年》杂志接触到了马列的一些基本著作，包括列宁的《民主自决》(摘译) 这样一些关于民族问题的重要著作。特别是以后他在与创造社的争论中，不但联系思想实际，更系统地学习了马克思列宁主义，而且亲自动手翻译了一些马列主义的文艺论著。这对他的思想飞跃促进很大。用他自己的话来说："我有一件事要感谢创造社的，是他们'挤'我看了几种科学底文艺论，明白了先前的文学史家们说了一大堆，还是纠缠不清的疑问。"这样，他就把自己关于文艺民族化的思想牢牢地建立在马克思主义的思想基础上。

由于他掌握了马克思主义的思想方法，树立了马克思主义的文艺观、民族观，因而能够自觉地纠正自己以前认识上的一些偏颇，使自己关于文艺民族化的论述更准确、更完整、更全面、更系统。在五四运动前，鲁迅虽然就已开始运用唯物论的反映论观察文学艺术，认识到了文艺是社会生活的反映，但由于这时指导他思想的哲学基础是以进化论为代表的唯物主义自然观和发展进化的历史观，因而，在某些方面就不可避免地带有由于历史条件的限制而存在的偏颇。如在五四运动的初期，鲁迅的思想中也不同程度地存在着当时人们共有的形式主义的思想方法，即"所谓坏就是绝对的坏，一切皆坏，所谓好就是绝对好，一切皆好"。因而在对民族文化遗产的态度上，他的思想也不无偏激之处。他曾认为："中国的文章是最没有变化的，调子是最老的， 里面的思想是最旧的。"他也曾提出："我们目下的当务之急，是：一要生存，二要温饱，三要发展：有阻碍这前途者，无论是古是今，是人是鬼，是《三坟》《五典》，百宋千元，天球河图，金人玉佛，祖传丸散，秘制膏丹，全都踏倒他。”毋庸讳言，鲁迅这些论述的目的是想通过民族的自我批判来促进民族的自觉，有些论述是为完成当时的反封建的斗争任务而提出的，但在批判中，对学习外国文学的先进方面讲得多一些，对吸取民族文化遗产的有益营养却强调得不够。只是在他掌握了马克思列宁主义之后，他对民族文化遗产的态度才改善得比较全面。他不但在《拿来主义》等文章、书信中指出了正确对待民族文化遗产的态度和方法，而且响亮地宣称：“我们不但是文艺上的遗产保存者，而且也是开拓者和建设者。”这样，他就更进一步地认识到了民族文化传统与民族文艺之间的密切联系，正确地论述了文艺的民族化离不开对民族文化遗产的批判继承问题。在文艺民族化的具体建设途径上迈出了重要的一步。

由于鲁迅树立了马克思主义的世界观，能够以马克思主义的阶级观和民族观去观察文艺现象，因而他的文艺民族化的思想具有鲜明的阶级性和战斗性。列宁曾经指出：“每一个现代民族中，都有两个民族。每一种民族文化中，都有两种民族文化。”鲁迅的文艺民族化的思想，并不是一系列模糊的超阶级的理论概念，而是具有鲜明的阶级倾向。它属于无产阶级文艺理论的范畴。因而，对于围绕着民族文学方面的错误的、反动的思潮，他总能予以无情地揭露和斗争。

1930年，文坛上出现了一个所谓的“民族主义文学运动”。他们发表《民族主义运动宣言》，叫嚷“文艺的最高意义，就是民族主义”，鼓吹要“努力于民族主义的文学与艺术创造”。鲁迅没有被他们迷人的外表所迷惑。他把他们宣扬的所谓“民族主义文学”的论调与自己所倡导的民族文学严格区分开来。站在马克思主义的原则立场上，对他们所散布的反动民族观点和文艺观点进行了严厉的批判。他批判了他们以种族掩盖阶级的行为：“他们研究了世界上各人种的脸色，决定了脸色一致的人种，就得取同一行为，所以黄色的无产阶级不该和黄色的有产阶级斗争，却该和白色的无产阶级斗争。”他针对他们的民族至上、民族扩张的反动思想说：“他们还想到了成吉思汗，作为思想的标本，描写他的孙子拔都汗怎样率领了许多黄色的民族，侵入斡罗斯，将他们的文化摧残，贵族和平民都作了奴隶。”鲁迅还指出他们这样做的目的，“是对着‘斡罗斯’，就是现在无产者专政的第一个国度”。而其实质，是为帝国主义的侵略政策服务。一针见血地戳穿了他们的反动本质。

鲁迅先生虽然为祖国人民的文学艺术的民族化付出了很大的努力并率先进行了实践，但在当时的社会条件下，他的这种理想是很难实现的。他曾感慨地指出：新的民族的文艺风格的形成和发展，只有在民族生活内容彻底改变之后才能实现。那种“深沉雄大”的艺术，是难以产生于病态小巧的社会的。因而，他把真正实现民族化的希望放在未来，认为只有在将来的社会中才有可能完全实现这个目标。这是对我们文艺工作者的殷切期望。今天，在社会主义的优越制度下，我们有发展民族文艺的最好条件。让我们认真学习并努力领会鲁迅的文艺民族化的思想，大胆进行艺术的创新和实践，为进一步建立富于民族色彩的中国作风和中国气派的文学艺术而努力奋斗！

参考文献

①许广平:《鲁迅回忆录》,《鲁迅研究资料》第一辑。

②《鲁迅年谱》上集,安徽人民出版社,1979年。

③《而已集·革命时代的文学》,载《鲁迅全集》,人民文学出版社,1981年。

④《集外集拾遗补编·拟播布美术意见书》,载《鲁迅全集》,人民文学出版社,1981年。

⑤《准风月谈·"滑稽"例解》,载《鲁迅全集》,人民文学出版社,1981年。

⑥《且介亭杂文:论"旧形式的采用"》,载《鲁迅全集》人民文学出版社,1981年。

⑦《花边文学·看书琐记》,载《鲁迅全集》,人民文学出版社,1981年。

⑧《鲁迅书信集·致何白涛》,载《鲁迅全集》,人民文学出版社,1981年。

⑨《南腔北调集·"连环图画"辩护》,载《鲁迅全集》,人民文学出版社,1981年。

⑩《而已集·当陶元庆君的绘画展览时》,载《鲁迅全集》,人民文学出版社,1981年。

⑪《南腔北调集·上海的儿童》,载《鲁迅全集》,人民文学出版社,1981年。

⑫《准风月谈·难得糊涂》,载《鲁迅全集》,人民文学出版社,1981年。

⑬《书信集·致李桦》,载《鲁迅全集》,人民文学出版社,1981年。

⑭《集外集拾遗·(陶元庆氏西洋绘画展览会目录)序》,载《鲁迅全集》人民文学出版社,1981年。

⑮《书信集·致罗清桢》,载《鲁迅全集》,人民文学出版社,1981年。

⑯《书信集·致陈烟桥》,载《鲁迅全集》,人民文学出版社,1981年。

⑰《坟·论睁了眼看》,载《鲁迅全集》,人民文学出版社,1981年。

⑱《(译丛补·鼻子)译后附记》,载《鲁迅全集》,人民文学出版社,1981年。

⑲《译文序跋集·(战争中的威尔珂)译后附记》,载《鲁迅全集》,人民文学出版社,1981年。

⑳《现代小说译丛·(黯澹的烟蔼里)后记》,载《鲁迅全集》,人民文学出版社,1981年。

㉑《南腔北调集·我怎么做起小说来》,载《鲁迅全集》,人民文学出版社,1981年。

㉒《集外集·俄文译本〈阿Q正传〉序及著者自叙传略),载《鲁迅全集》,人民文学出版社,1981年。

㉓戈宝权《鲁迅作品在世界各国》,《鲁迅研究资料》第一辑。

㉔《中国现代文学史》,中国人民大学出版社,1983年。

㉕《南腔北调集·(总退却)序》,载《鲁迅全集》,人民文学出版社,1981年。

㉖《且介亭杂文·(木刻记程)小引》,载《鲁迅全集》,人民文学出版社,1981年。

㉗《别林斯基选集》,上海译文出版社,1985年。

㉘《集外集·(奔流)编校后记》,载《鲁迅全集》,人民文学出版社,1981年。

㉙《集外集拾遗补编·关于知识阶级》,载《鲁迅全集》,人民文学出版社,1981年。

㉚《二心集·关于翻译的通信》,载《鲁迅全集》,人民文学出版社,1981年。

㉛《书信集·致魏猛克》,载《鲁迅全集》,人民文学出版社,1981年。

㉜引自1949年10月19日《人民日报》,载《鲁迅全集》,人民文学出版社,1981年。

㉝《三闲集·序言》,载《鲁迅全集》,人民文学出版社,1981年。

㉞毛泽东《反对党八股》,载《毛泽东选集》,人民文学出版社,1968年。

㉟《集外集拾遗·老调子已经唱完》,载《鲁迅全集》,人民文学出版社,1981年。

㊱《华盖集·忽然想到(六)》,载《鲁迅全集》,人民文学出版社,1981年。

㊲《集外集拾遗·(引玉集)后记》,载《鲁迅全集》,人民文学出版社,1981年。
㊳《关于民族问题的批评意见》,载《列宁全集》,第20卷,人民出版社,1963年。
㊴《且介亭杂文·中国文坛上的鬼魅》,载《鲁迅全集》,人民文学出版社,1981年。
㊵《二心集·'民族主义文学'的任务和运命》,载《鲁迅全集》,人民文学出版社,1981年。

[原载《宁夏纪念鲁迅诞辰100周年学术讨论会论文集》,《新月》1982年第1期创刊号]

试论神话的族属问题

长期以来，我们有不少神话学者，或者囿于旧的关于民族的理论，或者因循着习惯了的思维轨道，总是认为神话是有族别的，习惯于把具体神话作品纳入“民族”的范畴，甚至于常常激烈地争论着某一神话作品的族属。我认为，这都是不科学的，没有必要的。这种做法之所以是不科学的，是因为神话与民族远非同一个历史阶段的产物，它们之间并不存在从属关系。

神话是远古时代原始社会人民集体口头创作的一种文学样式，是他们对世界起源、自然现象和社会状况的主观想象和幻想的反映。关于神话产生的时限，马克思说：在原始社会野蛮期的低级阶段，“想象，这一作用于人类发展如此之大的功能，开始于此时产生神话、传奇和传说等未记载的文学”。恩格斯在其《家庭、私有制和国家的起源》一书中也引马克思的话道：“格罗特先生应当进一步指出，虽然希腊人是从神话中引申出他们的氏族的，但是这些氏族比他们自己所造成的神话及其诸神和半神要古老些。”这与前面的论述是一致的，并进一步印证了前面的论点。因为我们知道，人类的史前期划分为蒙昧时代和野蛮时代两大时代，每个时代又各分为低级、中级、高级三个阶段。氏族是在蒙昧时代的中级阶段发生，在高级阶段继续发展起来，到野蛮时代的低级阶段便达到了全盛的时代。神话的起源既然晚于氏族的起源，那么，神话产生于野蛮时代低级阶段的论点便是确实无疑的了。

什么时候起不再产生神话呢？神话是自然界和社会形态在原始社会人们的不自觉的艺术幻想的反映，是生产力低下阶段的原始人企图认识自然、征服自然、支配自然的结果，随着阶级社会的文明时代的开始，它便丧失了产生自己的必然的条件。故我国学者一般把神话产生的范围界定在原始上古社会之内。鲁迅指出：“昔者初民，见天地万物，变异不常，其诸现象，又出于人力所能以上，则自造众说以解释之：凡所解释，今谓之神话。”茅盾在其中国第一本神话学专著《中国神话研究初探》中也指出：“各民族的神话是各民族在上古时代（或原始时代）的生活和思想的产物。”其中虽沿用了西方资产阶级学者的旧说，为神话判分了族属，但他关于神话起源范围的论点，却是正确的。近年来，我国神话学者虽然在具体时限上有所争论，但就其多数来说，还是与鲁迅、茅盾的意见一致，把神话的产生界定在原始上古社会之内的。

也有的学者提出：在中国，神话一词可作广义与狭义的区分。狭义的神话，专指上古神话；广义的神话，却是生生未已，自封建社会开始，到它的末期，凡具有一定神话色彩的都可划入神话的范畴。这个论点恐怕难以成立，因为它距马克思关于神话的科学定义相去甚远，而且容易混淆神话与传说、故事等的界限。

至于民族起源和形成的时限，我国史学界于1954、1962年及近几年曾集中讨论过几次。讨论中，曾提出了各种不同的意见。其中一种意见认为早在两次社会大分工以前民族就已经形成了；一种意见认为民族是在原始社会崩溃、阶级社会确立的时期形成的。这两种意见我都是不赞成的。前一种意见实际上认为民族起源于部落，这是不对的，因为它忽略了部落之后的两个重要发展阶段——部落联盟（confederacy）与部落联合（nation又译作部落融合）。摩尔根在《古代社会》一书中指出："在古代，构成（一个）people or nation（populus）的有氏族、胞族、部落以及部落联盟，它们是顺序相承的几个阶段。后来，同一地域的部落组成一个nation，从而取代了各自独占一方的几个部落的联合。这就是古代社会从氏族出现以后长期保持的组织形式，它在古代社会中基本上是普遍流行的；在希腊人和罗马人当中，直到文明发展以后，这种组织依然存在。"这告诉我们，在氏族、胞族、部落之后，尚有部落联盟及比部落联盟更高级的，以地域而不是以血缘组成的nation——部落联合。马克思和恩格斯对摩尔根关于古代社会发展系列的理论十分赞赏。恩格斯曾指出"摩尔根的伟大功绩"，主要就在于此。马克思在《摩尔根〈古代社会〉一书摘要》中，不仅摘录了摩尔根的这段论述，而且还加以评述说："在氏族制度盛行的地方——而且是在政治社会建立以前——我们发现peoples of nations都是组成氏族社会，而没有超出这一范围。'国家还不存在'。因为氏族这种组织单位在本质上是民主的，所以由氏族组成的胞族、由胞族组成的部落以及由部落联盟或由部落的融合（比联盟更高级的发展形态）[如罗马的三个罗马人部落、阿提喀的四个雅典人部落、斯巴达的三个多利安人部落；他们都定居在一个共同的地域上]所组成的氏族社会，也必然是民主的。"也指出了在部落之后，还有部落联盟，以及"比联盟更高级的发展形态"——部落融合（即部落联合）。并且说明，它们仍属于氏族社会的范畴之内。因此，部落是不可能形成民族的。况且，两次社会大分工以前，人类社会根本不会产生交换、私有财产和阶级，根据通常的关于民族的科学定义，根本就不具备产生民族的经济基础，当然也不会产生什么"民族"了。

认为民族起源于原始社会崩溃、阶级社会确立时期的观点的错误也是显而易见的。因为决定民族发展历史的，是社会的物质生产。民族只有在摆脱了氏族社会的血缘联系，社会生产力发展到一定阶段时才有可能产生。而这些条件，在阶级社会初期是不可能具备的。根据《共产党宣言》和列宁、斯大林的有关论述，民族是资本主义兴起时代的产物和表现。列宁曾说过："民族是社会发展的资产阶级时代的必然产物和必然形式。"斯大林在详尽地阐明了民族的定义后，也指出："民族不是普通的历史范畴，封建制度的消灭和资本主义的发展的过程，同时就是人们形成民族的过程。"他还特地说明："在资本主义以前的时期是没有而且不可能有民族的，因为当时还没有民族市场，还没有民族的经济中心和文化中心，因而还没有那些消灭各该族人民经济的分散状态和各该族人民历来彼此隔绝的各个部分结合为一个民族整体的因素。"

可是，过去我们由于翻译上的不尽一致，使关于民族的概念存在着许多歧义。最近，有的同志发表文章指出，过去我们用"民族"两个字几乎译替了马克思主义经典著作中除氏族、部族、部落联盟以外所有称谓人们共同体的术语，以及与表述人们共同体有关的一些学术用语，从而使摆在我们面前的一系列所谓“民族”，实际上已经成为一个彼此界限不清的弗晰集合。文中究本溯源，详细探讨了马列原著中与此有关的一系列术语的原意，认为：根据马克思主义民族理论的原则，从原始社会到当前阶级社会，人们共同体的发展是这样一个顺序相承的动态系列：

原始社会：氏族——胞族——部落——部落联盟——部落联合；

奴隶社会、封建社会：部族；

资本主义社会：民族。

这个看法与马克思、恩格斯、列宁、斯大林原著的精神比较接近，并有助于解决长久以来我们在这个问题上的概念含糊矛盾的情况，从而使经典著作中这个问题的提法趋于一致。

也有人发表文章认为，斯大林的民族定义，就其本身来讲是正确的，但由于中国的历史发展情况与西欧有所不同，所以在封建制生产关系下就具有了形成民族的必需条件，汉民族就是在秦汉之际形成的。这个观点反映了我国一些学者的传统看法。就按照这样的传统观点，汉民族于秦汉之际形成，那也是距神话产生的时代相去甚远。十分显然，神话与民族是不同历史阶段的产物。产生神话的时候，民族还远未产生。就拿我国流传的主要神话体系来看：伏羲、女娲兄妹洪水后结婚繁衍人类的神话，似为原始社会早期血亲婚配制度时的产物；女娲补天造人的神话，当为母系社会制度时的产物；盘古开天辟地的神话，可以推定为父系社会制度时的产物；羿大概是“原始渔猎社会之神”；神农氏大概是“原始农业社会之神”；黄帝与尧、舜、禹的神话，显然是部落联盟时代的产物。上述这些神话产生的时代，以血缘联系为基础的氏族社会还未结束，民族根本就不可能存在。

其实，神话乃是原始社会人民的集体口头创造。就我国的主要神话作品来说，则是中华民族远祖的共同创造。这从它们在我国许多民族中流传的普遍性上可以得到证明。如关于伏羲、女娲的故事除汉族外，在我国西南苗、瑶、壮、藏、布依等民族中都有流传。盘古与盘瓠的故事，在我国许多民族中也有流传，西南许多民族还将其奉为远祖。这些神话，不但普遍流传于各民族中，而且在其基本情节上有着惊人的一致。如关于开辟神话，我国不少民族都把天地万物说成是由巨人或巨兽的尸体变化而成。汉文典籍《绎史》卷一引《五运历年记》说：“首生盘古，垂死化身。气成风云，声为雷霆，左眼为日，右眼为月，四肢五体为四极五岳，血液为江河，筋脉为地理，肌肉为田土，发髭为星辰，皮毛为草木，齿骨为金石，精髓为珠玉，汗流为雨泽，身之诸虫，因风所感，化为黎甿。”白族《开天辟地的传说》讲：盘古睡在地上，把手脚四肢分开，才分出东西南北。他的一只眼睛变成太阳，另一只眼睛变成月亮，牙变星星，毛发变树，汗毛变草，耳鼻变山，骨变石，肉变地，肠变河流，肚子变做海洋，汗腻变成人和其他动物。在瑶族中流传的神话说：盘古王开天辟地造人类，他死后，“左眼化为太阳日，右眼化为月太阴，岭上荒茅是头发，深潭鱼鳖是心肝，牙齿化做金银宝，红血化做江水津，身肉化做瓦共土，身骨化做大石身，手足化成山树木，手儿脚甲化星辰”。彝族创世史诗《梅葛》说：格滋天神用老虎造天地，虎头作天头，虎尾作天尾，左眼作太阳，右眼作月亮，虎须作阳光，虎牙作星星，虎油作云彩，虎气作雾气，虎心作天心地胆。虎肚作大海，虎血作海水，大肠变大江，小肠变成河，排骨作道路，硬毛变树林，软毛变成草，大虱子变成老水牛，小虱子变成黑猪黑羊……布朗族的《顾米亚》说：顾米亚和他的十二个孩子用犀牛造天地，犀牛皮做天，犀牛肉做地，犀牛骨变成石头，犀牛血化为江河，犀牛眼变为星星，犀牛的四条腿撑住天，鳌鱼托住地。总之，以上用以造天造地的物体虽有不同，但其情节却大体一致，简直是同一母体的不同变文。其他神话也大致存在着类似的情况，正如钟敬文先生所说："我国古典神话中的许多名目，如天地开辟神话、人类起源神话、英雄射日神话、洪水神话、祖神盘瓠神话……都可以在现在兄弟民族活生生的口头传承中，得到重要的比较材料，乃至于得到彼此有'血缘关系'的宝贵材料。"

为什么会有这种奇怪的血缘关系呢？过去，我们往往从社会原因上寻求解答，这虽然不失为一个方法，但仅此是不够的，还应该辅以民族志的有关材料。

恩格斯在论及希腊神话时曾说过："从古代雅利安人的传统的对自然的崇拜而来的全部希腊神话，其发展本身，实质上也是由氏族及胞族所制约并在它们内部进行的。"这段论述为我们解答上述问题提供了一把钥匙。既然神话的发展是"由氏族及胞族所制约并在它们内部进行的"，而氏族、胞族以及整个氏族社会是"由血缘关系形成和保持下去的"，那么，这就说明了，流传在各民族中的神话存在着血缘关系，是由从氏族社会发展而来的各民族的先民们互相之间存在着的血缘关系所决定的。

就我国来说，也是这样。这不仅从我国古代的神话传说中可以得到证明，而且可以从我国古代典籍的有关记载中得到证明。我国的古代文献，通常把上古时居住在东部的部落集团叫夷，南部的叫蛮，西部的叫戎或羌，北部的叫狄。汉族的先民华夏集团形成最晚，他是夷、蛮、戎或羌、狄分化融合的产物，并且他与他们之间存在着古老的亲缘关系。如《国语》云"少典娶有峤氏女，生黄帝、炎帝"，说明黄帝轩辕氏、炎帝神农氏源于同一氏族。《帝王世纪》载"神农氏，姜姓也"，章炳麟《检论·序种姓》指出"羌者，姜也"，由此证明了炎帝集团与羌的关系。司马迁《史记·六国年表》又谓"禹兴于西羌"，《夏纪第二》载"禹者，黄帝之玄孙而帝颛顼之孙也"，由此推断，黄帝、夏禹等也与古老的羌集团有着血缘关系。

舜则属于东夷集团，孟子称"舜……东夷之人也"。殷人大概也是东夷集团的后裔，姜亮夫先生曾作《夏殷民族考》，证明"殷"字由"夷"字分化而来。《史记·殷本纪》也谓：殷人始祖契的母亲简狄，"见玄鸟堕其卵，简狄取吞之，因孕生契"。由此可以看出，殷人属于凤图腾的东夷集团了。

周人则与戎、羌有着密切的关系。《史记·周本纪》载周人始祖后稷之母为黄帝之曾孙帝喾元妃。郭沫若《中国古代社会研究》认为"周室本姓姜"。范文澜《中国通史简编》称"姜姓是西戎羌族的一支，自西方游牧先入中部"，也证明了这一点。

由上所述，我们可以看出，远古时生活在我国东部、西部、南部、北部以及中部的部落集团，由于血缘、婚姻、战争、迁徙等原因，互相之间存在着亲属关系，共同生活在以血缘或扩张的血缘关系为基础所建立的氏族社会内。后来，由于氏族社会的逐渐解体，才有了更进一步的分化。但这种分化，还不是在血缘关系上的分化，更主要的，是表现在政治、经济、文化上发展不平衡的分化。所谓“诸夏用夷礼则夷之，夷狄用诸夏礼则诸夏之”。顾颉刚先生也指出：“夫戎与华本出一家，以其握有中原政权与否乃析分为二。”“姬、姜诸姓本出于戎。自从周武王克殷之后，其接受东方文化的已号为华夏，其接受的程度缓慢的则还是戎狄。”所以，可以说华夏是蛮夷戎狄的一部分合流而成的。蛮夷戎狄中发展比较缓慢的那一部分，由于战争等各种原因，逐渐迁徙到更边远的地方，有些成为了今天我国一些少数民族的祖先。如《史纪·楚世家》说楚人先祖祝融的子孙“或在中国，或在夷狄”。《史记·秦本纪》说秦人的先祖费昌的子孙也是“或在中国，或在夷狄”。《山海经·大荒北经》载：“黄帝生苗龙，苗龙生融吾，融吾生弄明，弄明生白犬，白犬有牝牡，是为犬戎。”《史记·匈奴列传》载：“匈奴其先祖夏后氏之苗裔也。”最近。有人证明，流传在彝族的十月太阳历与孔子赴夏宗室杞国（今河南杞县）调查访问，由其弟子记录而成的《夏小正》所载历法有共同的渊源关系，同源于远古羌历。为什么会出现这种情形呢？从民族学的资料可以得知，汉族的先民与今天我国彝语支系的彝、哈尼、傈僳、纳西、拉祜、白等少数民族之间有着密切的血缘关系，他们都是古代西羌人的后裔。因而，夏代历经衰亡之后，夏羌文化却在其后裔彝语支民族中保留至今。

尤有趣味的是，《诗经·生民》与彝族史诗《查姆》《梅葛》的基本情节极其相似。《生民》讲述的是周人始祖后稷的故事。说后稷的母亲姜稷踩着了上帝的大脚拇趾印，感而怀孕。怀胎十月后，却生下了个肉袋子。她将这个肉袋子扔进狭窄的小巷子里，牛羊庇护它，用奶喂它；她又将它丢进深山老林里，恰巧碰到砍柴的人，将它扔到寒冰里，大鸟飞来用翅膀把它盖起来，孵育它；大鸟飞走后，后稷钻出肉口袋，很快长大成人，精明强悍，成为周的始祖。彝族史诗讲其始祖支格阿龙诞生，则是神鸟的血滴在他母亲身上，感而怀孕。生下他后，母亲认为他不可养，也把他扔掉，后受到龙的抚养，才长大成人。两个故事在具体细节上虽不尽相同，但其主人公的命运、遭遇却大体一致，这说明了，它们可能是同一作品的不同变种，这也从一个方面证明了汉、彝两个民族的先祖在远古时的密切关系。

我国各民族的先祖在远古时代互相之间存在着的血缘关系，在今天一些少数民族的传说中也可得到证明。如彝族史诗《梅葛》说：洪水时代兄妹婚配后，生下了一个大葫芦，把它打开，出来了许多子女，第一道出来的是汉族，第二道出来的是傣族，第三道出来的是彝族，第四道出来的是傈僳族，第五道出来的是苗族，第六道出来的是藏族，第七道出来的是白族……纳西族的《创世记》讲：利恩和衬红结婚后，生下了三个儿子，三个兄弟说三种话，“老大是藏族，居住在上边；老三是白族，居住在下边；次子是纳西，居住在中间”。傣族长诗《一百零一朵花》中说：父母生了一百零一个娃娃，后来到一百零一个地方，“日子久了，他们的语言慢慢不同了，他们的服装不一样了，他们的风俗习惯也变了”，“于是有的成了傣族，有的成了哈尼族，有的成了佤族、景颇族、汉族、彝族、傈僳族”。其他一些民族，如苗、瑶、白、壮、景颇、傈僳、佤等也有类似的传说。这些关于各民族同源共祖的神话传说，尽管在具体表述上掺进了后代的东西，但却令人信服地证明了我国大地上的各民族的先民，在远古时代互相之间存在着的血缘关系。这种族源上的血缘关系，决定了流传在各民族中的神话间的血缘关系。

有那么一种意见，认为中国古代的一些记载，是把神话历史化了，因而不足为凭。这种意见并不对。虽然，神话并不完全等同于历史，但它作为原始时代人民的口头创作，可谓是当时社会的“活化石”，具有不可估量的史料价值。恩格斯曾尖锐地指出：“氏族起源于共同祖先，成了‘庸人学者’（马克思语）绞尽脑汁而不能解决的难题。既然他们很自然地认为这种祖先纯粹是神话人物，他们便根本没有可能解释氏族是怎样从许多彼此相邻的、甚至起初没有亲属关系的家庭中产生出来的，然而单是为了解释氏族的存在，他们还是非这样做不可。”马克思也指出：“实际否定氏族成员间的任何亲属关系，从而把氏族变为纯粹虚构和幻想的产物，这是只有观念的、亦即蛰居式的书斋学者才能干得出来的事情。由于血族的联系（尤其是一夫一妻制发生后）已经湮远，而过去的现实看来是反映在神话的幻想中，于是老实的庸人们便做出了而且还在继续作着一种结论，即幻想的系谱创造了现实的氏族。”同样肯定了神话的科学价值，论证了“氏族起源于共同祖先”的氏族社会的血缘关系。

既然氏族起源于共同的祖先，根据神话学与民族志的有关资料，由氏族逐步发展起来的我国各民族间存在着血缘关系，那么流传在我国各民族间的，在原始时代产生，其发展受氏族社会制约并在他们内部流行的神话也是同源共祖的。他们都是原始时代我们祖先的口头集体创作，都是中华民族的共同精神财富。

当然，原始社会的意识形态，不会是单一的、纯粹存在的现象。尤其是流传在各民族口头上的古老的精神文化，更是一个复杂的东西，不会是一个时代的产物。有人比喻说，这种口头流传的方式，很像一条流动着的长河，在它所流经的各个历史时期，都会带走一些东西，沉淀一些东西。尽管作为原始社会意识形态的神话，其某一具体作品的雏形最初可能产生于某一氏族、某一部落（这就是某些学者作为神话有族别的依据），但是，在氏族社会的发展过程中，由于联姻、联盟及战争、迁徙等各种原因，氏族分化、融合，再分化、再融合，处于不断发展变化的动态状况中，也会不断予以丰富、沉淀，在历史长河的流动中形成一种多层次的文化堆积，融为一种你中有我，我中有你，甚至是你我不分的同一体，而成为全民的产品，为氏族社会的成员所共有。所以，神话最初可能有一定的地域色彩，但不会有民族的色彩。

以上所述，可谓是我的基本看法。当然，从理论上讲，神话不能“对号入座”，划分族别，但反映在具体神话作品上，却呈现为多彩多姿、纷繁复杂的状态。我们今天所见到的同一神话作品，流传在不同民族的确有着不同的色彩。这个问题该如何解释呢？

这要从神话的流变上来解释。神话一经产生出来，作为社会的意识形态一种，便具有相对的保守性。马克思讲，随着人类社会的进步，科学技术的发达，神话会消失。并不是讲神话本身不存在了，而是讲，产生神话的社会条件消失了，神话不会再新产生出来了。作为原始时代已经产生出来的神话，则将会继续存在下去供我们欣赏，并将“作为永不复返的阶段而显示出永久的魅力”。然而，神话在漫长的传承过程中，不可避免地，它要受“民族的道德观念的发展，阶级意识的明显出现，历史观念的加浓”所制约的。受这种制约的影响，它会不断地染有所传承民族的色彩，并被各民族按照自己的特点及需要加以改造。

我们现在所见到的神话作品大都是这种在代代传承的历史长河中被改造、熏陶的。

尽管它们的色彩不同，附加成分不同，具体情节也有变异，但同一作品的主干部分还是一致的，仍不失为原始社会人们的精神产品。按照习惯，人们把这种衍变了的、具有了一定民族色彩的神话划分了族别，视其所传承的民族而称为“某某民族的神话”。如果说，这种称法在目前已约定俗成，一时尚不便纠正的话，那么，作为借用，我们不妨让其“暂存”。但是，表象终究不能代替实质。在允许其“暂存”的情况下，作为科学的研究，我们还是要强调，更正确的说法，应为“流传在某某民族的神话”。

参考文献

①摩尔根:《古代社会》摘要,商务印书馆,1981 年。
②《马克思恩格斯选集)第 4 卷,人民出版社,1958 年。
③《鲁迅全集》第 9 卷,人民文学出版社,1981 年。
④《茅盾评论文集》下册,人民文学出版社,1978 年。
⑤摩尔根:《古代社会》,商务印书馆,1981 年。
⑥《列宁选集》第 2 卷,人民出版社,1972 年。
⑦《斯大林全集》第 2 卷,人民出版社,1954 年。
⑧《斯大林全集》第 11 卷,人民出版社,1972 年。
⑨载《民族研究》1983 年 6 期。
⑩《民间文学论文选》,湖南人民出版社,1982 年。
⑪引自《史记》(一),中华书局,1980 年。
⑫《孟子·离娄下》,中华书局。
⑬《中国古代社会研究》,科学出版社,1979 年。
⑭《中国通史简编》(修订本)第 1 编,商务印书馆,1980 年。
⑮《中国上古史稿》,上海人民出版社,1959 年。
⑯《古史辨》第 7 册下,上海古籍出版社,1982 年。
⑰《社会科学战线》1980 年 1 期。
⑱《新华文摘》1983 年 3 期。
⑲《马克思恩格斯选集》第 2 卷,人民出版社,1958 年。
⑳转引自《民间文学论坛》1983 年 4 期。

[原载《民间文艺集刊》第 8 期，上海文艺出版社 1986 年版]

试论民间歌谣中"羊"的形象

车尔尼雪夫斯基曾经说过："民歌中有很多新鲜和纯朴的地方，而这就足够供我们的美感来欣赏。"人民，不仅是物质文明的创造者，而且是精神文明的创造者。他们创作的丰富多彩的民间歌谣是那么的具有魅力，那么的充满诗意。无论是日月星辰、山川河流，还是花草树木、驼马牛羊，都以它们那鲜明生动的艺术形象给我们以美的享受。羊，这个人们常见而普通的动物，就是其中一个突出的例证。

在民间歌谣中，我们往往可以看到，羊的形象不但是经常出现的，而且是令人喜爱的。劳动人民在描述羊的形象时，他们总是从美的角度出发，通过各种形象的比喻，刻画出了羊的生动的情态。如，在我国各少数民族的民歌中，我们就常能见到这样的句子：

白云般的羊群呵。
是我们草原上的花朵。

翠绿的草原下，
布满了珍珠般的羊群。

羊群好像是斑斑的白银，
撒在草原上多么爱煞人。

草原上涌起了海浪，
那不是白色的海浪，
那是合作社的群羊。

劳动人民运用丰富的词汇和奇妙的想象，以"白云""花朵""珍珠""白银""海浪"等美好的意象来比喻羊的形象，这不能不说是贴切自然、鲜明生动，具有比较强烈的艺术感染力量的。

民间歌谣之所以着重运用比喻描述羊的可爱形象，目的是将羊与另一美好的物象并列放置在一起，建立一种类似和对照的关系，以达到互相补充、互相映衬的艺术效果。如：

阴山阳山（哈）山对山，

牧民们爱的是草山；
合作社的牛羊布满山，
好像是草坡上开的白牡丹。

这首回族歌谣，把“羊”与“白牡丹”这两个物象并列放置在一起，达到了双重的艺术效果，既直接对羊加以描绘，又在对照和类似的基础上引发了其所指。这样，通过皎洁娇媚的白牡丹与羊的映衬，从而就很自然地唤起了我们美的联想，使羊的形象更加生动可爱。

在民间歌谣中，羊不但被当作“本体”，即被比喻的对象出现，而且还常常被作为“喻体”，即比喻物出现。这说明了在人们的审美过程中，羊有时是被作为美的象征物的。如：“内蒙古呀好地方，雪白的绵羊肥胖胖。”这里，羊是被作为富饶的象征而出现的。“你若问多愁的桑玛，今天为何笑声朗朗，请看那边山坡，撒满了多好的牛羊。”这里，羊又被作为了欢乐的象征。而更为普遍的，则是羊被作为爱情（或情人）的象征。如下面这首藏族情歌：

我有一只好白羊，
不愿意卖给别人，
但是，别人强迫把白羊买走了；
当别人拉走白羊的时候，
我心中难过极了。

我和美丽的姑娘常常在一块儿，
不愿意离开她一会儿，
但是，父母把她强迫许给了别人；
当别人领走她的时候，
我流下泪了。

用羊来寓自己的情人，寓自己失去了的爱情，显得感情真挚，并且富于生活气息。再如：“羊羔子吃奶双个蹄子跪，人人都为个干妹妹”；“山羊绵羊一排排卧，我和哥哥一搭么坐”。都使用的是同类艺术手法。它说明了羊是人们表达爱情的常用手段，通过对羊的可爱的形象的描述和联想，使纯真美好的爱情得到了生动的体现，同时也使我们获得了美的艺术享受。

民间歌谣对于羊的描写不是孤立静止地进行的，它往往把羊与特定的自然环境结合了起来，注重表现动态的美，寥寥数语，便创造了一个优美动人的艺术境界，显示出了民间文学高超的表现力。如这首著名的民歌：

敕勒川，阴山下，
山似穹庐，笼盖四野。

天苍苍，野茫茫，
风吹草低见牛羊。

它把羊与北方特有的自然环境水乳交融地结合了起来，描绘了一种苍苍茫茫的草原景象，创造了一种浑朴古莽的艺术境界。尤其是末尾一句，传神地勾画出了风吹、草动、牛羊悠悠行进的生动情态，读来令人神往叹服。

民间歌谣的艺术手法是多样的。同样是描述羊与自然景象，下面这首民歌创造的意境却又不同：

蓝蓝的天下，
朵朵白云；
辽阔的草原上，
雪白的羊群。

这是一幅多么明亮、怡静、悠然、令人心醉的游牧图啊！同样以羊为主要描写对象，但由于作品所组成的具体物象和铺陈的环境气氛不一样，那么，作品所产生的艺术效果和给读者提供的审美感觉便也不一样了，这不仅证明了民歌艺术手法的多样性，而且证明了民间歌谣中羊的形象的美的多样性。

当然，美不是客观对象的自然属性。审美活动是人所独有的一种精神状态的现象，它是与人的感受、要求和愿望有关的。民间歌谣中羊的形象之所以具有美的魅力，这是因为，它与人有着某种对应关系，在它的身上，寄寓了人们的主观愿望，表现了人的思想感情罢了。

在民间歌谣中，我们不难看出劳动人民对羊怀着多么深厚的感情啊！他们在羊的身上，寄托着自己的欢乐，也寄托着自己的忧伤。

我心爱的绵羊儿，
你雪白的细毛多么美丽；
我想把你牵到巴扎上，
换回一件花衣裳。
姑娘的花衣裳虽然美，
再美也没有你漂亮；
如果姑娘不会放羊不会唱，
穿上花衣裳也是丑模样。

这首塔吉克族歌谣洋溢着劳动人民的思想感情，流露出了他们特有的审美观念。在他们看来，一个姑娘的美丑，是与对羊的态度联系在一起的。只有会放羊的姑娘，才是真正的漂亮姑娘。因此，在这里，羊成了他们鉴定一个人美丑的重要标准。这不能不说是具有特殊意义的。

人们不仅把羊视作“眼睛里的珍宝”，以热烈的辞句赞颂着羊，而且达到了“爱屋及乌”的程度，甚至于连羊的局部、羊的制成品，以及与羊有关的事物，他们都是那么的一往情深，毫不吝惜自己的笔墨而歌咏着它们。

“羊羔皮袍子真温暖，中午的太阳比不上。”它咏颂的是羊的皮毛。“天鹅绒般的羊毛毡子哟，它能给牧人们带来幸福和温暖。”这咏颂的是羊的制成品。最饶有意味的是这首哈萨克族歌谣：

白绵羊的肠子哟，
化成了我冬不拉的琴弦，
旧社会里唱出我的痛苦，
它是我亲密的伙伴……

通过奇妙的想象和大胆的夸张，甚至于把白绵羊的肠子当作了自己冬不拉的琴弦，仿佛它真能与牧人同忧共患、互相慰藉似的，反映了人们与羊的密切关系。

有时候，人们甚至于达到了物我不分的程度，竟把自己变形为羊，寄寓了自己特定的思想感情。如：

我愿做一只小羊，
跟在她身旁，
我愿她拿这细细的皮鞭，
不断轻轻打在我身上。

民歌中的主人公甚至幻想着变做一只小羊，跟在自己情人身旁。在这里羊与人融为一体，充满着一种和谐、甜蜜的美，充分反映了人们对羊的深厚感情。

当然，在存在着剥削和剥削阶级的社会里，劳动的两重性也决定了劳动人民对于羊的两重性。在某种情况下，他们也咒骂羊，借羊来发泄自己的怨愤。如：

童年的时候，
我和绵羊并未结下冤仇，
如今年迈苍苍，
为何还穿不上羊毛衣裳。

这里人们咒骂的是羊吗？否！羊在这里只是一个借托物。劳动人民借助于羊的形象，向那黑暗的世道，向那血腥的剥削，提出了强烈抗议！这首歌谣运用了明显的反喻的手法，它通过对旧制度的诅咒，抒发了劳动人民的思想情感，同时也说明了羊在人们日常生活中的重要性。

在民间歌谣中，为什么羊的形象总是美的、令人喜爱的呢？这自然是与羊的美的外貌分不开的。羊的洁白柔软的皮毛，温和的脾性，蹒跚的体态，都具有一种吸引人的美感。然而，美虽然与客观事物的自然属性有关，但又并不单纯地由客观的自然属性所决定。对美的评价既然是一种情感活动，就不能不涉及产生情感的基础。普列汉诺夫说："劳动先于艺术，人最初是从功利观点上来看待它们的。"这就是人们对羊产生美感的基础。羊本身是无所谓思维、无所谓美感的，它仅仅是出于生存的本能，在直接的物质需要下从事活动。但是，它是我国传统的"六畜"之一，人们很早就有着饲养它的历史。产生于距今两千年左右的《诗经》中的《王风·君子于役》就有着"日之夕矣，羊牛下来"的记载。而在我国的文字中，则是"羊大为美"，"羊"与"大"组合为"美"字。由于羊在各民族的经济生活中的重要作用，以及它与人民生活的密切关系，劳动人民在长期的劳动生活中与羊建立了深厚的感情，并在自己的口头文学创作中"按照美的规律"来描写羊，使它具有了美学意义上的美感，成了"足够供我们的美感来欣赏"的物象。因而，民间歌谣中，羊的形象总是那么引人喜爱，总是那样的使人垂怜。

民间歌谣对于羊的成功刻画，一方面向我们生动地表明了：民间文学是"生产者的艺术"，它与广大劳动人民的生产斗争和劳动生活紧密相连。只有直接从事物质资料生产活动的劳动者，才能在自己的作品中，对羊这个普通的劳动对象倾注那么多的情感。另一方面，通过民间歌谣对于羊的形象的生动描写，可以使我们感到，民间文学的艺术表现力是多么的丰富啊！仅仅对于羊这样一个物象，就使用了那么丰富的词汇和想象。它启示我们，应该大力加强对于民间文学的研究，提倡作家文学向民间文学学习，不断提高和丰富表现社会生活的艺术能力，是很有必要的。

参考文献

①《民间文学概论》，上海文艺出版社，1980年。
②《新疆歌谣》，人民文学出版社，1960年。
③《内蒙古歌谣》，人民文学出版社，1960年。
④《中国歌谣选》，上海文艺出版社，1978年。
⑤《回族歌谣》，宁夏人民出版社，1960年。
⑥《甘肃民歌选》(三)，上海文艺出版社，1978年。
⑦《宁夏民间歌曲资料》(三)，宁夏文化局出版社，1979年。
⑧《古诗源》。
⑨《西藏歌谣》，人民文学出版社，1959年。
⑩普列汉诺夫：《论艺术》，生活·读书·新知三联书店，1975年。

[原载《宁夏民间文学》1983年3期]

民间文学思想价值的再认识

——谈民间文学与精神文明

流传在我们伟大祖国的人民口头文学创作，是我国各族人民的一笔珍贵的历史文化财富。它作为劳动人民的集体创作，以其高度的思想和艺术成就，在我国文学艺术宝库中闪耀着动人的光彩。列宁曾经讲过："许多世纪以来人民的创作反映了各个时代他们的思想观。"在今天全国人民所进行的社会主义精神文明建设中，我们对于民间文学的思想价值，应该说是有了新的、更进一步的认识。

车尔尼雪夫斯基说："民间文学永远充满了清新、活力和真正诗意的内容。民间文学永远是崇高的、智慧的……它纯洁，渗透了各种美的因素……民间文学属于全体人民，它与各种各样的琐屑、空虚是格格不入的……民间文学总是充满了生命、活力，它纯朴、真实，总是散发着健康的道德气息。"这既是对民间文学艺术价值的高度评价，更是对民间文学思想价值的高度评价。民间文学中散发的这种健康的道德气息，不仅是过去劳动人民进行自我教育的主要内容，而且对于我们今天进行的社会主义精神文明建设也有着重要的借鉴作用。

精神文明是人类智慧、道德状况的综合反映。它涉及社会的教育、科学、文化、风尚和人们的理想、信念、情操等等。我国是举世著称的文明古国之一，我们中华民族在自己长期的生活实践中，形成了自己的道德伦理观念。这些思想，常常鲜明地体现在劳动人民的思想和行为中，也鲜明地体现在劳动人民的口头文学创作中。

民间文学中关于精神文明的内容是十分丰富的。无论是民间传说、故事、童话，还是民间歌谣、谚语和说唱，都深刻揭示了人民内在的精神世界，反映了那个时代劳动人民的传统美德。概括起来，主要有以下几个方面。

一、热爱劳动，为追求美好的理想而艰苦奋斗

精神文明是建筑在一定物质基础之上的。列宁曾经指出："无产阶级在实际上表明，它而且只是它才是现代文明的支柱，它的劳动创造了财富和豪华，它的劳动是我们整个'文化'的基石。"马克思也说过："财富的增长和文明的进步，通常都与生产食品需要的劳动和费用的减少成相等的比例。"因而，精神文明的首要要求，是要有对创造人类财富的劳动的正确态度。在民间文学作品中，尊重作为生活源泉的劳动，尊重从事劳动的人，尊重用自己的双手耕耘的土地，这是反复出现的思想主题。"劳动是百宝之源"，"快乐的源泉是劳动"，"土地下埋着珍珠，劳动中藏着幸福"，"使人发光的不是珠宝，使人发光的是劳动的智慧"，这些长久流传在各族人民之间的谚语，就说明了这

一点。在民间故事中也是这样：凡是勤劳、勇敢、依靠自己的双手获得幸福的人，总是受到尊敬和歌颂；而那些懒惰、贪婪、一心梦想暴富的人，总是受到讥讽和嘲弄。如不少“长工与地主型”的故事、“两兄弟型”的故事，都反映了这种情况。在这方面，维吾尔族民间故事《寻找智慧》更是饶有意味。故事讲的是，国王听说阿凡提富于智慧，学问渊博。于是问他：“阿凡提，你脑子里的智慧，是打哪儿学来的呀?”“是我不辞劳苦地寻找来的。”阿凡提说。“告诉我，你打哪儿寻找来的?”“咳，容易极啦，陛下去扛一把砍土镘来，跟我走就行啦。”国王一听高兴死了，他暗暗想：自从我当了国王，百姓们都说我昏庸无能，说我是个糊涂国王。这回，我要是找到智慧，一定把脑袋装得满满的，还要带两箱子回去，藏在宫里，等我的儿子长大了使用。想着，他立即命令大臣拿一把砍土镘来，随着阿凡提去寻找智慧。阿凡提把国王领到一块荒滩上，让他脱下王袍，拿起砍土镘挖了起来。而国王手上已经打起血泡，还是不见智慧。他愤怒地连声问：“怎么不见智慧呢?”阿凡提漫不经心地说：“急躁不得，我的国王。挖呀，挖呀!今秋把这块荒地开开，明春种上智慧，夏天就有收获了啊。”“你说的智慧莫非是粮食吗?”国王又问。“不假，不假。”阿凡提回答说，“倘若陛下宫里没有老百姓用血汗换来的粮食，陛下今天怎么会有这种毛病，会来跟我寻找智慧?”故事通过幽默诙谐的笔调和引人发笑的情节，不但辛辣地嘲讽了国王这个四体不勤、五谷不分，衣来伸手、饭来张口的寄生虫，而且生动形象地说明了精神文明与物质文明之间的关系，给人以深刻的启迪。

虽然，对于劳动的态度是衡量一个人的心灵美好与否的重要标准，但是，在存在着阶级压迫和阶级剥削的社会中，劳动并不一概是“快乐的源泉”。如为地主而进行的强制劳动就具有引人憎恨和诅咒的性质。这种可厌的劳作和不幸的境遇就使劳动人民产生了对于理想境界的渴求和向往。由于文明本身就是人类摆脱野蛮状态而逐步前进的过程，是人类社会不断走向进步，从必然王国走向自由王国的过程，所以，劳动人民的这种对于理想境界的不断追求和努力，同样也是精神文明的一个重要表现。自开始有人类以来，人民在满足物质生活需要的同时，就开始有了这种对于美好理想的追求。在民间歌谣、谚语、说唱、戏曲等形式中，我们都能看到它的表现。民间神话传说的所谓“仙境”，以及民间的“寻找幸福”的故事，也是人民这种愿望的反映。如藏族民间故事《幸福鸟》。故事说，从前西藏有一块坏地方，那儿没有河流和田地，没有温饱和鲜花，人们吃不饱、穿不暖。后来人们听说幸福是一只美丽的鸟儿，她住在东方很远的雪山上；幸福鸟飞到哪儿，哪儿就有幸福。于是他们派了顶聪明的孩子汪嘉去找幸福鸟。幸福鸟由三个长胡子老妖怪守卫着。汪嘉为了找到幸福鸟，历尽了千难万险，重重考验。第一个黑胡子老妖让汪嘉在利刃般的乱石滩上走过了三十三个马站；第二个黄胡子老妖吹走了汪嘉的干粮袋，让他在大沙漠中走了三十三个马站；第三个白胡子老妖弄瞎了汪嘉的眼睛，让他在冰天雪地中爬完了三十三个马站。汪嘉为了理想，为了幸福，以百折不挠的顽强意志，克服了三个老妖给自己设置的困难，终于爬到了雪山顶上，找到了幸福鸟，给自己的家乡带来了幸福。这个故事反映了劳动人民在贫困的生活和险恶的环境中，并没有磨灭生活的信念，并没有熄灭理想的火花，他们仍保持着向上的意志和顽强的性格，为了追求美好的未来而不惜付出任何沉重代价的可贵精神。这种精神对于我们今天仍有着现实的教育意义。

二、团结互助、先人后己、舍己为公的崇高品质

高尔基说："个体是群体部分物质力量及其一切知识和一切精神努力的化身。"在远古时代，由于人民征服自然的能力很低，所以个人对集体的依赖性很强。到了阶级社会，劳动群众为了共同反抗统治阶级的压迫，以及为了抗御各种自然灾害，也需要互相扶助。因而，团结互助、舍己为公的集体主义精神，既是衡量道德标准的重要尺度，也是民间文学的一个永恒的主题。我国各族人民以不同形式创作并流传的赞颂团结的作品，如《十根筷子》《十支箭》等，都是明证。傣族民间故事《双头凤》，就是这方面的极为生动感人的例子。故事说的是，从前，有两个年纪差不多大小的好朋友，他们非常友爱、团结，以至死了以后，两人变成了一只两个头的凤凰。因此，无论到什么地方总是一块儿行动。后来，一个猎人捉住了它们，献给了国王。国王看到它们那种友爱的样子，非常妒忌，就想把它们分开来，变成两个凤凰。但是，国王用尽了各种办法，还是不能达到目的。于是，把它们交给了一个诡计多端的大臣，这个大臣用离间的办法，使它们互相之间产生了怀疑，从而使国王的企图得逞了。这个故事通过寓言式的象征手法，告诉人们真诚友谊的可贵，以及不信任所造成的危害，具有深远的含义。

集体主义精神不仅表现在团结互助上，更表现在为公众利益的献身精神上。民间文学以热情的笔调塑造了一系列动人的艺术形象，讴歌了他们先人后己、大公无私的崇高思想境界。在人类的童年时代，人们出于征服自然的目的，激发自己去创作英雄史诗。他们通过大胆的幻想和艺术的夸张，塑造了流传千古而令人敬仰的英雄人物，并把集体精神的一切能力赋予他们，使他们能够与神对抗，甚或把他们当神看待。如古代神话的盘古、女娲、伏羲、神农、大禹等。这些人物各自代表了华夏文明的一个新阶段，具有为民献身的高尚精神。有的开天辟地，死后还为民造福；有的炼石补天，解民于倒悬；有的亲尝百草，甚至中毒而死；有的手足胼胝，三过家门而不入……都传为万世美谈。在这些神话人物身上，寄寓着劳动群众深厚的情感和审美观念，成为道德教育的形象教材。几千年来，对中华民族的精神世界一直产生着积极的影响。

中世纪和近现代的民间文学更为接近现实。这期间民间文学中的正面主人公形象几乎全是普通的劳动群众，他们中，无论是孤苦的牧羊娃，还是穷困的帮工汉；无论是本分的农民，还是勇敢的猎人，在他们身上，我们都感受到了崇高的道德力量和美好的精神境界。村里遭到了干旱，恶龙控制着水源，少年挺身而出，冒着性命危险，到海底与龙王搏斗（回族民间故事《插龙牌》）；昏庸的皇上下了一道圣旨，要景德镇的工匠烧一张冬暖夏凉的龙凤瓷床，逾期不交，全镇子的人要被斩尽杀绝，为了免除父老们的苦难，为了拯救全镇的百姓，青春少女毅然跳进火窑，以自己的血肉之躯烧铸成龙凤瓷床（汉族民间故事《龙凤瓷床》）。尤为感人的，是蒙古族民间故事《猎人海力布》：猎人海力布由于救了一条小白蛇，得到了一块宝石，把它含在嘴里，就能听懂世上各种动物的话，但是，如果把这话泄露给别人，那自己将会变成僵硬的石头而死去。一天，他正在打猎，忽然听见一群飞鸟议论说，这里要山崩地裂、洪水泛滥。他的思想矛盾极了，但他想："灾难立刻就要来了，如果我只知道自己避难，让大家受祸，这能行吗？我宁肯

牺牲自己，也要救出大家。”于是，他一五一十地把飞鸟的话告诉了大家。乡亲们得救了，他自己变成了僵硬的石头而死去。这种高尚的自我献身精神充分反映了中华民族的传统美德。在民间文学中，类似这样的作品比比皆是。“问佛爷型”的民间故事表达的也是这种思想。这种团结互助、舍己为公的美好行为永远值得我们学习。

三、诚实谦虚、礼貌待人的道德风尚

文明礼貌，不仅是一个国家、一个民族的道德水准的具体表现，而且也反映着人们品质的高下和教养程度。劳动人民虽然文化水平不高，但他们的道德素养是很高的，他们之间互相尊重、礼貌相待，都是真诚而淳朴的，和剥削阶级的虚伪的繁文缛节礼仪形式有着根本区别。民间文学作品也常常通过这样的情节教育青年人：有礼貌的人总是处处受到帮助，得到事业的成功；而语言粗鲁、不讲礼貌的人就寸步难行，处处碰壁。如藏族民间故事《海螺姑娘》：从前某地方有姐妹三个，金姑娘、银姑娘和海螺姑娘。一天清早起来，金姑娘背着水桶去背水，看见了一个又老又脏的乞丐睡在门前，挡住了自己的去路。金姑娘对那个乞丐很不礼貌，不但恶言恶语地要撵走他，还从他身上跨了过去。第二天，银姑娘也遇到那个乞丐，也采取了同样的态度，从他身上跨了过去。第三天清早，轮到海螺姑娘出去背水，她推开大门，见到门前躺着一个又老又脏的乞丐，不忍惊动他，轻轻地把他唤醒，说：“请你让开路，我去背水。”老乞丐却躺着不动，眼睛也不睁，她只好轻手轻脚地从老乞丐的身旁绕了过去。由于她是一个讲礼貌的好姑娘，后来，老乞丐帮助她获得了幸福。

在对劳动人民的这种文明礼貌的品德予以赞扬和肯定的同时，大量的民间文学作品对统治阶级那种蛮横傲慢的行为也进行了有力鞭笞。如维吾尔族民间故事《毛驴总督》：国王想侮辱阿凡提的人格。有一次，他把阿凡提召进宫来，当着所有大臣，郑重宣布，任命阿凡提为京城里的毛驴总督。大臣们听了哈哈大笑。阿凡提却马上从座位上站起来，大摇大摆地走过去，坐在国王宝座的最高一层上，十分严肃地对国王、大臣们说道：“安静，安静点！愚蠢的毛驴们！哪一只也不准乱叫，听你们的总督——阿凡提的指挥！”想捉弄人的反被捉弄，不尊重人的得到了应有的回报。类似这样的作品还有很多，它们鲜明地告诉人们这样一个道理：要想得到别人的尊重，必须首先尊重别人。

对别人的尊重，不只表现在礼貌上，也表现在诚实谦虚、讲究信用、遵守通行的道德规范上。民间文学作品中的许多人物，都是言必信，行必果，说到做到，光明磊落，拾金不昧，节操高尚的人物。如回族民间故事《要口唤》，故事讲的是，回族青年哈儿三，在伏天里赶路，嘴里渴得冒火。忽然，看见一座丰盛的果木园。他由于口干舌燥，禁不住吃了一个果子。吃过后，当他继续赶路时，想起了，我白白吃了人家一个没“口唤”（口唤：回族特殊语汇，即“允许”“同意”的意思）的果子，那怎么能成呢？我得去找果园主人，向他要个“口唤”才能走。于是，他找到了果园主人——一个老大爷。谁知，老大爷听了他的来意后，却提出，我有一个独生女儿，可是她是个瞎子，又是个哑巴，没有头发，也没有脚。只要你答应娶她做你的妻子，我就给你口唤，哈儿三听了老大爷的话，心里很纳闷，但他为了要老汉的口唤，就答应了这门亲事。新婚之夜，哈儿三怀着不安的心情揭开盖头一看，自己的妻子竟是个漂亮的姑娘。原来，老人是以此试探哈儿三是否忠厚，是否诚实，是不是一个讲信义的人。这个故事向人们启示：凡是征得别人同意的东西，吃了用了才是合乎礼法的，否则是不应该的；凡是诚实的人，是会得到幸福的，否则是要受谴责的。这种观点，在民间谚语中也大量地存在着，如："真诚的人，即使坐牛车也能撵上兔子"；"人心越实越好，火心越虚越好"；"有教养的人谦逊，宽广的河流平静"；"你尊敬人，人尊敬你"……这些金子般的语言，无疑是那个时代劳动人民美好的品行观和节操观的真实反映。

四、家庭和睦、孝敬父母的伦理关系

家庭是社会的细胞。在夫妻、父子（母子）、兄弟（姐妹、姑嫂）关系上，最鲜明不过地体现了人们的道德思想。民间文学作品有不少描写家庭生活的，它们集中地展示了劳动人民健康的道德观和伦理观。

在夫妻关系上，不少作品通过一个个鲜明感人的艺术形象，热情地赞美了夫妻之间生死不渝的坚贞爱情。孟姜女、韩凭妻这些千古传诵的妇女形象，视富贵如粪土，宁愿一死殉情，也不愿屈从于那些依仗豪势来玩弄妇女的权贵们。回族民间故事《不见黄河心不死》中的男主人公，甚至已被恶势力迫害致死，但心仍跳动不止直至见着了自己的恋人才肯死去。许多作品也不乏这样的描写，坚贞爱情，能够使金石为开，而终于达到自己的心愿。如汉族民间故事《红泉的故事》：一对青年夫妇，为了逃避恶婆婆的迫害，来到了山里。但妻子因误喝了红泉水，被红脸妖抢去。丈夫决心要把她找回来。他踏遍了所有的高山，冲破了妖精设置的常人无法逾越的三个难关，终于找到红脸妖的住处。但红脸妖已经把他的妻子变成了一块僵硬的石头。丈夫见状，发誓："你就是真的成了一块石头，我也不会抛开你。"他抱起石头，吃力地爬坡过坎，向家中走去，宁愿自己跌得体无完肤，也不忍心让妻子碰伤一点点。他的这种精神终于感动了红脸妖。红脸妖对他说："小伙子，我的心肠比铁石还硬，我从来也没有被谁感动过，也从来没有认过输，可是，今天我认输了，我再也不忍心拆散人家夫妻了。"这种生死不渝、感天动地的坚贞爱情，与剥削阶级那种见异思迁、喜新厌旧的肮脏思想形成了鲜明的对比，使人们听了以后在心中留下十分深刻的印象。在民间歌谣中，表现劳动人民健康的爱情观的作品更是浩如烟海，它们使我们窥见了劳动人民美好的心灵和高尚的道德境界。

在父母子女关系上，民间文学作品真实地反映了劳动人民热爱双亲、孝敬父母的崇高品质。尤其是民间故事中，我们常常可以看到，贫苦人家的儿女，总是那么热爱自己勤劳的父母。他们相依为命，越是处在困难和不幸之中，越是表现出他们深厚的真挚的感情。如汉族《"望娘滩"的故事》：穷苦的农家孩子聂郎，与母亲相依为命地过着日子。有一年，村中大旱，聂郎得了一颗宝珠，贪心的地主要把它夺去，慌忙之中聂郎把宝珠吞进肚里，变成了一条赤龙。他掀起了万丈波涛，淹死了仇人，可是他再也不能变成人了，只好向大海游去。聂妈妈悲伤地站在大石头上，高喊一声，"儿啊！"聂郎抬起头来望了一下，那望娘的地方就成了一个滩。聂妈妈连喊了二十四声，聂郎抬头望了他亲爱的妈妈二十四次，那地方就变成了二十四个滩。故事生动地表现了劳动人民母子之间的深厚感情。这是劳动人民的伦理观在文学上的生动反映。

民间文学作品在塑造上述正面人物形象时，还善于运用对比的艺术手法，塑造了一些不孝父母的反面人物形象，以加强道德教育的效果。如回族民间故事《抢枕头》。它讲的是：从前，有一个老人，有三个儿子和一个女儿，老伴早年去世了，他一个人过着孤苦伶仃的生活。有一天，女儿从婆家赶来看老人，见爹爹趴在土炕上呻吟，儿子媳妇谁也不管，连一口水也没人给端。于是女儿想了个主意，进城买了三尺红布，缝了一个鼓鼓囊囊的大枕头，叫老人时时刻刻带在身边。心奸的儿子和媳妇看到这个情景，对这个红枕头产生了兴趣，他们分别来打听，老人说："这个红枕头可是我的命根子呀，全装着我早年攒下的银子。"三个儿子一听，马上改变了对老人的态度，争着接老人到自己家住，老人从此过上了好日子。后来，老人去世了。兄弟三个安葬了父亲，急忙赶回来抢枕头。抢来抢去，枕头撕破了，从里面咕噜噜地滚出一堆小石头。类似这样的故事是很多的。与这个故事相关，回族有这样一句谚语："父母的心在儿女身上，儿女的心在石头上面。"它说明了，民间文学作品是如何地深入到了人民群众之中，在他们的日常生活和精神世界中发挥着重要的作用。

除此而外，民间文学关于精神文明的内容还是很多的。由于篇幅所限，我们不可能一一列举了。恩格斯曾经指出："民间故事书还有这样的使命：同圣经一样培养他的道德感，使他认清自己的力量、自己的权利、自己的自由，激起他的勇气，唤起他对祖国的爱。"民间文学作品，无论是正面颂扬劳动人民健康美德的，还是揭露统治阶级丑恶灵魂及揶揄人民内部不道德行为的，其客观效果都是与恩格斯的这段论述相符合的。先进的、正面的形象可作为人们的楷模，反面的、落后的形象可使人引以为戒。总之，民间文学的许多作品，代表了中华民族的文明面貌和劳动人民的崇高精神境界。它们作为伦理学的组成部分，千百年来，对于人民进行自我教育，对于中华民族传统美德的形成和发展，是做出了重要贡献的。

民间文学之所以具有那么丰富的关于精神文明的内容，这是由它的阶级属性所决定的。马克思和恩格斯指出："在特定时代里，革命思想的存在，是以革命阶级的存在为前提的。"民间文学是广大劳动人民自己创造的艺术产品，是人民精神面貌、思想情感的忠实反映。在人类历史上，劳动人民一直是推动社会前进的主要力量。他们是物质产品的生产者，也是精神产品的生产者。由于他们自食其力，在劳动中与大自然保持着最密切的联系，因而他们具有美好的心灵与健康的思想。另外，他们受剥削、受压迫的阶级地位，促使他们认识到，只有团结起来，通过互相帮助，开展坚决的斗争，才能改变自己的命运。这就有助于他们形成与历代反动统治阶级根本对立的精神境界和道德观念。我国古代思想家孔子所说的"礼失求诸于野"，即证明了这一点。而劳动人民的这种思想境界，不可能不在他们自己集体的民间文学作品中得到最真实、最全面的反映。这就是民间文学为什么具有那么丰富的精神文明的内容的原因所在。我们应该高度评价民间文学这方面的思想价值，努力挖掘出这一宝贵的精神财富。可是，过去我们在论述民间文学的思想价值时，对于民间文学的认识作用，关于它在劳动生活和政治斗争的作用论述较多，而对它在道德观念、伦理观念等精神文明方面的价值重视不够。有的人甚至从"左"的观点和立场出发，把民间文学这部分的内容归之于旧道德的范畴中。在这种观点影响下，许多同志对此不敢问津，因而使民间文学在这方面的价值和作用长期湮没不显，这是极不应该的。

固然，民间文学作品中关于精神文明方面的内容，与我们今天所说的社会主义精神文明是不可同日而语的。我们今天所讲的精神文明，是以社会主义为特征，以共产主义为标志的。“人们自己创造自己的历史，但是他们并不是随心所欲地创造，并不是在他们自己选定的条件下创造，而是在直接碰到的、既定的、从过去承继下来的条件下创造的。”马克思主义伦理学认为，道德作为一种社会意识有其相对的独立性，这不仅表现在它对经济基础的反作用上，而且表现在它所具有的继承性上。道德的阶级性并不排斥道德的继承性。道德的阶级性使不同阶级和不同社会形态里占统治地位的道德互相区别开来，而道德的非阶级性则表现在道德的历史联系性。精神文明是一个历史的概念。从广义说，它是指人类社会实践过程中所创造的整个财富。我们今天进行的社会主义精神文明建设，必须在历史所造成的基础上向前发展，所以，我们应该解放思想，大胆工作，认真总结和整理民间文学中的伦理思想和道德思想，以积极的态度，批判地继承这一份珍贵的历史文化遗产，以丰富我们社会主义的伦理、道德的宝库。

自然，我们也应该看到，民间文学中反映出来的精神文明，还是一种自发的、朴素的、分散的观念，它还不是很成熟的。尤其是产生于过去社会的民间文学作品，不可避免地受到了时代的局限。个别的民间文学作品，甚至还沾染了封建伦理、道德思想的毒素。这也需要我们认真地清理和剔除。让我们采取马克思主义的科学态度，认真拂净民间文学这颗璀璨明珠上的灰尘，深刻认识它的思想和艺术价值，让它在社会主义精神文明建设中发挥积极的作用，在祖国文艺百花园里放射出更加绚丽的光彩！

参考文献

①《苏联民间文学论文集》,人民出版社,1979 年。

②《列宁选集》第 8 卷,人民出版社,1972 年。

③《马克思恩格斯全集》第 9 卷,人民出版社,1979 年。

④《中国少数民族谚语选》,湖南人民出版社,1982 年。

⑤《维吾尔族民间故事选》,上海文艺出版社,1980 年。

⑥《中国民间故事选》第一集,人民文学出版社,1962 年。

⑦《中国民间故事选》第二集,人民文学出版社,1962 年。

⑧载《中国回族文学作品选·民间故事》,宁夏人民出版社,1980 年。

⑨《宁夏群众文艺》1982 年 3 期。

⑩《民间文学概论》,上海文艺出版社,1980 年。

⑪《马克思恩格斯·论艺术》,人民文学出版社,1960 年。

⑫《马克思恩格斯选集》第 1 卷,人民出版社,1956 年。

[原载《民间文学论坛》1983 年第 2 期]

宁夏民俗文化的发展

宁夏回族自治区，简称宁，是祖国五个省级建制的少数民族自治区之一，也是发展历史悠久文化特点鲜明，具有丰富民俗文化遗存的地域之一。

一、历史沿革及地理概况

宁夏在西周时期，和内蒙古河套、陕西及山西北部地区统称为朔方，今固原地区又称为太原。战国时，秦先后在今固原市原州区设义渠县、乌氏县，在今盐池县设朐衍县，乌氏、朐衍两县均属北地郡管辖，是为宁夏地区有行政设置之始。秦统一六国后，设三十六郡，今宁夏全区属北地郡。汉承秦制，今宁夏全区初属北地郡，汉武帝后，将今吴忠市以南的地区划归安定郡。魏晋南北朝初期，今宁夏南部地区属魏国雍州安定郡，北部成为北方少数民族游牧之地，今盐池县属盐州五原郡。北周时，今宁夏的行政设置有原州（治所在今原州区）、会州（治所在今中宁县）、灵州（治所在今灵武市西南）等。隋统一全国，地方行政设郡、县两级，今宁夏南部地区属平凉郡（郡治设今固原），北部地区属灵武郡（郡治设今灵武市西南），今盐池县属盐州郡。唐代，今宁夏全境属于关内道，初设三州，今南部地区东南属原州（治所在今原州区），南部地区的西部部分地区属会州；北部地区属灵州（治所在今灵武市西南），并在此设朔方节度使和灵州都督府；今盐池大部分地区属盐州。

五代十国时期，黄河流域地区再度陷入混乱，宁夏除灵州、盐州地区先后为五代各国管辖外，今固原地区为吐蕃所据，今中宁、中卫、同心等地为吐蕃、党项所据。宋代，宁夏先属陕西路，后属秦风路。这时，原聚居于陕北的党项族，在首领李继迁的率领下，攻占灵州，并逐渐向西扩展，到李继迁之孙李元昊时，自立称帝，以兴庆府（今宁夏首府银川市）为都，建立了横跨西北各省，“地方万余里”的王朝，史称西夏。今宁夏的固原市部分地区仍为宋所据，为对抗西夏的重镇。

元时，今宁夏南部地区属陕西行中书省，北部地区属甘肃行中书省。至元二十五年（公元1288年），将北部地区的西夏故地设宁夏府路，这是“宁夏”这一地名的由来。明代，宁夏为当时的军事边防重地，固原地区及同心县属陕西布政使司，其余地区为实行卫、所建制的陕西都指挥使司所辖。当时，沿长城所设的防御重镇“九边”中，在今宁夏的就有宁夏镇、固原镇两个，固原还是延绥、甘肃、宁夏三个边防重镇指挥部“三边总制”府的所在地。

清代，今宁夏同心以南固原市分属甘肃省平凉府所辖之固原州（后升为直隶州）及化平川直隶厅，今宁夏北部地区属甘肃省宁夏府（治所在今银川市）。民国改元，今宁夏固原地区属甘肃省泾源道，后又改为陇东行政专区；今宁夏北部地区民国初期属甘肃省朔方道（俗称宁夏道）。民国十八年（1929年），宁夏建省，辖区除原朔方道外，还包括今内蒙古的阿拉善左旗、额吉纳旗和磴口县。1936年，中国工农红军到宁夏的同心、海原一带活动，曾发动群众在这两县的交界处成立了"豫海县回民自治政府"，成为全国第一个少数民族自治政权。当时的盐池县，为陕甘宁边区的一部分。

新中国成立后，宁夏仍为宁夏省，1955年撤销省制，并入甘肃省。1958年，在党的民族区域自治政策的光辉照耀下，成立了宁夏回族自治区，现有人口521.21万（截至于1996年底），其中回族人口176万人，占全区总人口的33.8%。

宁夏位于西北地区东部，黄河的中上游地带，它东与陕西省接壤，西北与内蒙古自治区毗邻，南与甘肃省相连，其南面、北面至东面，由腾格里沙漠、乌兰布和沙漠和毛乌素沙地相围，南面是绵延的黄土高原，中部有黄河流贯而过。宁夏地形两头小、中间大，东西最宽处约250公里，南北长约456公里。在这东西狭、南北长的区域内，总的来说，地势南高北低，且地貌复杂，山地迭起，盆地错落，平均海拔1000米以上。大体可分为黄土高原、鄂尔多斯台地、洪积冲积平原和六盘山、罗山、贺兰山南北中三段山地。北面的贺兰山雄健巍峨，成为一个天然的屏障；中部的牛首山、罗山、青龙山分别屹立，成为分隔山川地带的标志；南有六盘山统摄众山，为涵养一方水土的源泉。

宁夏远离海洋，深处内陆，属典型的大陆性气候。南端为南温带半湿润区，中部属中温带半干旱区，北部则为中温带干旱区。南北气候悬殊较大，具有春多风沙，夏少酷暑，秋凉较早，冬寒较长，雨雪稀少，日照充足，南寒北暖，南湿北干的特点。

根据自然特点和传统习惯，一般把宁夏分为北部的川区和南部的山区两大部分。北部的平原地带，是宁夏的最低处，属黄河冲积和贺兰山冲积平原，大部分地势平坦，可得黄河灌溉之利，经历代宁夏人民的开发，沟渠纵横，农业发达，稻香鱼肥，田园似锦，素有"塞北江南"之称，是内陆沙漠地区的一片绿洲。南部的山区地带，属典型的黄土高原地区，南高北低，峁塬相连，水土流失严重，因而自然条件较差。

二、秦以前民俗文化的考古发现

宁夏是中华民族的发祥地之一，有着悠久的远古文明。今宁夏灵武市水洞沟发现的旧石器时代晚期人类活动的遗址和遗物，表明了早在3万年前，我们的先祖就在这块土地上繁衍生息。从这儿出土的大量石器，集中反映了当时人类的生产力水平和社会经济状况。在宁夏北部贺兰山东麓的洪积坡地周围，考古工作者发现了许多"细石器文化"的遗址，发掘出的居住遗址，为单间结构，浅地穴式，正对着门道的房址正中，设置有一个供取暖、照明和炊煮用的圆形灶膛。在灶膛的旁边，往往有一幅磨盘和磨棒，可能是用于碾磨采集来充作食物的草籽。从这居室只有9平方米面积来看，可能只适用于对偶婚的小家庭使用。这处遗址，鲜明地反映了上古社会宁夏原始居民的家庭和经济民俗，具有十分典型的意义。

在宁夏南部地区广泛分布的，以曹洼和菜园为代表的文化遗址，则十分生动地反映了新石器文化时期宁夏原始居民的家庭、生产、生活民俗。曹洼文化遗址经碳14测定，其年代为公元前2900年至公元前2500年左右。这个遗址虽然没有发现屋址，但却发现有圆形、方形或不规则形的窖穴，说明当时居民已经过着定居的村落生活，生产工具只发现石斧。陶器制造业发达，特别是彩陶占的比例极大，说明彩陶工艺已发展到一个很高的水平。彩陶的器形有壶、瓶、罐、盆等，外表饰枯黄色陶衣，以黑彩为主描绘宽带纹、柳叶纹、锯齿纹、波浪纹、网格纹、弧线三角圆点纹等图案，具有浓厚的宁夏地域特点。

考古调查和发掘资料还表明，这一时期的居民不仅生前同一氏族的成员聚集在一起，死后还埋葬在同一墓地中。他们按照本氏族统一的丧葬习俗，采用相同的埋葬习惯。海原菜园切刀把墓地，在600平方米的范围内已发现墓葬的就有33座。墓坑有竖穴土坑和竖穴侧龛两类，埋葬没有葬具，人的头向朝北者居多，葬式以屈肢葬最为普遍。墓中一般只葬一人，个别合葬墓也只是大人、小孩的合葬，还没有发现成年男女的合葬。随葬的器物以陶器为大宗，也有少数墓除陶器外还有石斧、石刀、石锛、骨器及饰珠等。墓地中的死者虽是同一氏族成员，但随葬品的数量多寡不一，从而反映出同一氏族成员之间在氏族组织地位中的不完全相同。

自夏代以后，宁夏远古居民的氏族内部组织也发生了巨大的变化，以血缘关系为纽带的氏族部落逐渐演变为以地域关系相联系的部落组织，并在此基础上形成一些不相统属的分散的小方国。宁夏也是我国多民族居住、生息的地方。从夏到春秋战国时代，宁夏一直由羌、戎、狄、匈奴等民族在此活动。从考古发现和文献记载中，我们也可以得知他们大致的民俗情况。如："儿能骑羊，引弓射鸟鼠，少长则射狐兔"，"士力能弯弓，尽为甲骑。其俗，宽则随畜，因射猎禽兽为生业，急则人习战攻以侵伐，其天性也。其长兵则弓矢，短兵则刀铤"，"其畜之所多则马牛羊"（《史记》卷110《匈奴列传》）。考古发现也完全证明了这些民俗的存在。这些西戎各国，是一些分散的、"自有君长"，不相统一的小国，虽然在社会习俗方面有许多相似之处，但也存在着一些差别。如埋葬习俗方面，义渠戎流行火葬，史载："义渠之国者，其亲戚死，聚柴薪而焚之，熏上谓之登遐，然后成为孝子。"（《列子·汤问篇》）

特别是在贺兰山东侧北起今石嘴山的树林沟，南迄今中卫东北的苦井沟，延亘近300公里的诸多山口，发现有大量的古代岩刻画，据专家考证，这些岩画绝不可能是一个时代的作品，也不可能是某个单一民族所能完成的。但其中大量作品，则十分集中、鲜明、生动地反映了上古时期北方游牧民族的生产、生活以及精神信仰、艺术创造等方面的民俗。这些岩画数量众多，图景宏伟，以磨刻、敲凿、刻线的方法作于光洁的岩壁或巨石上，构图既有单体者，又有群体画。题材广泛，内容丰富，有狩猎、放牧、骑射、车辆等反映经济生活的画面，有与宗教活动、信仰等精神生活有关的人面怪像、祈祷图、天象图，有反映日常生活方面的交媾图及各类动物图像等等。有些岩画，其怪诞和扑朔迷离的内容，虽然还有待于我们去不断地探索，但其粗犷、质朴的艺术气息，生动而鲜活的民俗画面，仍然强烈地震撼着我们的心灵。

三、秦及唐宋时期民俗文化的发展

秦统一六国后，秦始皇为稳定西北，曾亲自到今宁夏境内巡视，并派大将蒙恬率领

30万人，北击匈奴，取河套地，在今宁夏平原河东地区戍边屯垦。秦所征调到宁夏屯垦的大军中，有不少是被秦征服的六国臣民，他们在这里兴修水利，开田种植，形成了最早的引黄自流灌溉，使宁夏平原的农业有了很大的发展。汉代继续推行秦的措施，实行“守备边塞，劝农立本”的政策，募民徙边，移民屯戍，使宁夏政局稳定，经济发展，一度出现了“人民炽盛，牛马布野”（《汉书》卷94《匈奴传》）的局面。魏晋南北朝时，中原政权在北方的统治衰弱，鲜卑、匈奴、羌族纷纷迁入宁夏。北周时，朝廷灭亡了南朝的陈国，迁其人到灵州一带，由于这些“江左之人”“崇礼好学，习俗相化”，使“本杂羌戎之俗”的灵州风尚为之大变（《灵武戎宇记》），他们把江南的农业技术带到宁夏，引水种稻，植桑养蚕，使这里有了“塞北江南”的美称，以至唐代诗人韦蟾诗曰“贺兰山下果园成（城），塞北江南旧有名”。

隋时，宁夏北部又为突厥族占领。唐立国后，由于国势强盛，政策开明，北方少数民族纷纷前来归顺。朝廷曾在灵州设羁縻州，安置这些归顺的部族。唐太宗李世民还曾在灵州会见、宴请了西北各部族的首领，各部族共尊他为“天可汗”，李世民赋诗立碑而还，留下了一段民族和睦的佳话。

唐五代时，宁夏南北再次成为众多少数民族聚居的地区，先后进入宁夏的有吐蕃、回纥、吐谷浑、党项等族。宋时，党项族成了宁夏的主体民族。他们以宁夏为中心，以今宁夏首府银川市为国都，建立历时近200年，雄踞西北，与宋、辽鼎峙而立的西夏王国。党项族是宁夏历史上的一个神奇的民族，他们的民族风情是别具一格的，在我们今天所发现的西夏历史文献中有着详细的记述。党项人自称“弥”，学术界大多认为其族源出自羌族，最早居住地为唐人所说的“河西九曲”之地，即今青海黄河源头，陆续迁徙到了今宁夏地区，并在这儿建立了近二百年的割据政权。党项后裔记其族人“人面多熏黑，善骑射，有身长八九尺者，其性大抵质直尚义”（余阙《青阳先生文集》卷4）。在西夏谚语集《新集锦合辞》中，也颇多对此民族的描写，如：“宁射苍鹰不射兔，宁捕猛虎不捕狐”，“弭药勇，婚嫁美”，“池边水草互依，勇士美人相配”等等。可见党项是一个具有健美体魄和勇敢、质朴、感情淳厚的民族。党项的初期社会，以血源为纽带组成氏族，又以氏族为中心组成部落。党项的氏族组织规定“不婚同姓”，同时还保留着姑舅表婚的痕迹。党项的亲属中近亲谓之“节亲”，节亲又有“节上亲”和“节下亲”，指父、祖等上辈和子、孙等下辈内一定辈分的近亲。《文海》中解释这种亲属为“父骨亲母肉亲”。党项婚姻实行妻庶母、伯叔母、嫂子、弟妇的收继婚制，以维系氏族的绵延。党项人以畜牧为主，牲畜有牛、马、驴、羊等。平时各自为业，不相往来，当受到外族人伤害时，蓬头垢面，妇孺齐上，斗殴烧房，人们没有法令约束和赋役的压迫。发生了纠纷由民众推举的“和断官”调解，杀人赔命钱，还处于原始习惯法的阶段。党项初期尚无文字和历法，以草木的枯荣来计算岁月。人们崇拜天神，诸部落约定三年一相聚，聚会时杀牛羊以祭天。死后焚尸，实行火葬。党项立国后，其民族风俗有了更大的强化和新的发展，其开国皇帝李元昊对其父臣服宋朝颇为不满，他认为：“衣皮毛，事畜牧，蕃性所便。英雄之生，当王霸耳，何锦绮为?”主张按照党项的传统文化和生产、生活风俗，建立具有鲜明民族特色的独立政权。为此，元昊申明号令实行部落间的军事民主制，“每举兵必率部长与猎，有获则下马环坐饮，割鲜而食，各问所见，择取所长”（《宋史·夏国传上》）。同时，他还采取了一系列强化党项民俗的措施：1.不再接受唐、宋王朝赐给的“李”“赵”汉姓，改王室拓跋氏姓嵬名氏，更名曩霄，自称“兀卒”（又译“吾祖”，皆为西夏语“皇帝”的译音）。2.颁布“秃发令”，国人一律秃去其额顶之发，以突出本民族的风俗标志，3.创立西夏文字，颁行境内，设立蕃字院，加速翻译汉文典籍，并设置“蕃学”，选蕃、汉子弟入学，以实现文化的民族化，即所谓的“制小蕃文字，改大汉衣冠”（《宋史·夏国传上》）。

西夏虽奉佛教为国教，但民族历史上，却一直“重鬼神，尚诅咒”，因而巫术、占卜盛行，在民族气质上，具有“质直尚义”，“忠实为先，战斗为务”的强悍民风，所以同时代的辽人称其“民俗勇悍”，金人称其民俗“强梗尚气，重然诺、敢战斗”，元人称其“其民沉鸷尚勇”。由于西夏民族以游牧为主，西夏地区“善水草，宜畜牧”，因而畜牧业是他们的主要生产方式，这也反映到了他们的日常生活之中。西夏人的饮食以肉、乳、奶酪、油脂和茶、酒为主。西夏人的服饰，经历了“衣皮毛”“衣锦绮”“改大汉衣冠”几个阶段，因而其先民“服裘褐，披毡，以为上饰”。西夏立国后，元昊倡导“衣皮毛，事畜牲，蕃性所便”。当时的西夏谚语说：“亲家头有羊皮袋，腹侧酥油挂木叉。”“已高贵者，豹皮安袋虎皮服，府上摆设真华丽；已贫贱者，羊皮口袋牛皮囊，路上所带白灰灰。”这些谚语，即形象地反映了不同阶层的西夏人穿戴不同的皮服的特点。所谓“衣锦绮”的阶段，主要是西夏臣服于宋朝时的服饰，而且也仅限于上层贵族。到元昊称帝后，他便“制秃发令”，“改大汉衣冠”，对宋的服饰做了全面的改革，从而形成了党项民族独特的民族服饰：男子秃发，垂耳环；女子高髻，饰钗。男子秃发，是将头顶的头发剃掉，只留周边的头发。这可能是原古民俗的一种反映。女子梳高髻，着大翻领宽袖长衫的装束，这在党项妇女中非常流行。元人马祖常的《河西歌》写道：“贺兰山下河西地，女郎十八梳高髻。茜草染衣光如霞，却招瞿昙作夫婿。”瞿昙，泛指僧人，由于佛教是西夏的国教，故党项女子必先荐于国师，然后才敢嫁人。这首诗即反映了西夏妇女的服饰特点和她们崇佛敬教的世俗。同时，西夏在服色上崇尚白色，以紫、红色为贵，以青、绿色为贱，西夏谚语“母美艳如千白日，父智明如万红月”，即反映了他们尊崇白色、红色的民族审美心理。在居住上，党项民族在很长的时间内，由于逐水草而居，因而他们“其屋织牦牛尾及羊毛覆之。每年一易”。西夏立国后，人民的住所分为三类。楼阁：外有围墙、飞檐，内有回廊厅堂、雕栏画柱，为贵族所住；泥舍：为泥土结构的民居，是西夏人最基本、最普遍的住房形式；帐房，即毡帐穹庐，是牧民的栖身之所。西夏男女在性爱上是比较开放自由的，后受汉族的影响，接受了明媒正娶的婚俗。党项人的葬俗有火葬、土葬、塔葬等。早期一般实行火葬，“死则焚尸，名为火葬”。立国后，由于长期受汉俗的影响，也有不少实行土葬的，特别是贵族。塔葬适用于僧侣。天葬一般用于殉情自杀的青年男女。这些构成了西夏党项人的独特葬俗。

西夏自元昊起，历十帝，被元所灭，西夏人大多战死，还有少量人或迁徙，或消融于其他民族之中，从整体上来说，这个民族已经不存在了。

四、元明清以来民俗文化的变化

元灭西夏后，原西夏遗民消失，元政府除在原西夏故地驻守大批蒙古兵外，又大量从全国各地陆续向宁夏迁徙人口，造成了宁夏人口的一次大更新。在这些迁来的人口中，有多民族成分的人员，其中也有大量的信仰伊斯兰教的、当时被称为“回回”的回族先民。

回族入居宁夏，最早可追溯到唐代。“安史之乱”时，唐向大食国（今阿拉伯）借兵平乱，乱平后，就有部分大食兵留居灵州（今宁夏灵武一带）。自唐至宋，穆斯林商人、军士的踪影也常在宁夏出现。元代，大批穆斯林军士、工匠来到中国，其中有相当一部分留住宁夏。而且在元驻守宁夏的军队中，有相当一部分信仰了伊斯兰教。他们和兄弟民族人民一道，屯垦定居，繁衍生息，共同开发这块土地，使回族人口逐渐繁盛了起来。据史书记载：“元时回回遍天下，至是居甘肃者多。”（《明史·西域传》）

元亡以后，明朝从抵御北方游牧民族的战略需要出发，又将宁夏北部的人口进行了一次大迁徙，把原有的大部分人口迁往关内，五六年后又从中原、江南等地陆续迁进了新的居民。在这些迁来的人口中，回族仍占了很大的比例。在明政府的大迁徙中，有大批回回人以归附士达的身份被安插到宁夏，加之不断迁徙来开发、屯垦的回回人，宁夏又成为了回族的聚居点。自明至清，回族人已遍布西北大地。清乾隆四十六年，陕西巡抚给朝廷的奏折中就写道：“宁夏至平凉千余里，尽系回庄。”

1958 年，宁夏回族自治区成立后，又从全国各地调来了大批的回、汉各族干部、工人、知识分子和其他人士。宁夏成为了全国最大的回族聚居地方。

宁夏的土生民族除回族、汉族外，还有满族。满族入居宁夏是最晚的。清雍正年间，由于宁夏战略地位的重要性，朝廷为加强宁夏的军备，派遣约 5000 人的满族骑兵来宁夏驻防，后又从吉林、黑龙江一带迁来了满军的家眷，连同工匠，共 12000 余人，是为今天宁夏满族的祖先。其后，满军虽屡有调动，但一直在宁夏聚居，成为宁夏一个人数较多的土生民族了。

元明清以来宁夏的民俗，在宁夏地方志书上也有大概的记载。大略为“性勇锐，尚畜牧，信释重巫，明初徙五方之民于此，风俗不纯”（明《一统志》）。“川原辽阔，人民稀少，尚武务农，重巫崇释。”（《平罗新通志》）“本杂羌戎之俗，后周迁江左之人于此，崇礼好学，习俗相化。”《灵武戎宇记》）“汉回杂处，风气刚劲，民性纯良。”“山川雄壮，民性健劲，汉回分教而性情无甚差等，耕殖而外多务畜牧。”（《镇戎新通志》）“居室惟公署宦族覆瓦，民家皆板屋覆以土，犹秦风之遗，中堂供先祖或悬佛像。”“食主稻稷，间以麦，贫者饭粟，中人之家，恒以一釜，并炊稻稷，稻奉尊老，稷食卑贱。”“衣布褐，冬羊裘，近世中家以上，多袭纨绮矣，女服尤竞鲜饰。”（《旧府志》）

这是对自元以来，特别是明清以来汉族民俗的大致描述。对在宁夏生活的蒙古族的民俗，也有简略的记载：“人性好勇，不适农业，以游牧为本，以病为辱，病则烧石自熨，有征会，刻木为信，随畜荐居以毡为庐，以马头为绝品，贵者食之，上下山谷，疾如风雨。其近边者，濡染华风，间有筑室而居，且耕且牧，其畜牧以马、牛、羊为主，骆驼、驴、赢次之，兼畜猪犬，伺夜者曰守犬，驰猎者曰猎犬，其人均奉喇嘛教。

(《新通志》)

对于回族风俗，也有比较详细的记载：“勤苦洁净，不染烟酒，有尚武精神，喜负贩，近多业农焉。婚姻无贫富，必择良善，使媒妁通言，问名籍，立主亲，以纳聘礼为定，遂延教长书婚。”“丧葬，富贵贫贱一也，治椟造舆穿圹而葬，不看风水，不择时日，三日必葬。”“既葬之七日、四十日、百日、周年、三年及生殁之年，均行祀典，以游坟诵经施财散谷为要也”，等等。

以上这些记载，基本反映了明清以至于民国时期宁夏主要民族的基本民俗，但只能是个大概，且随着社会的发展，宁夏人民的民俗又有新的变化发展，而且呈现出十分丰富的特点，这需要专门的叙述了。

参考文献：

①《朔方道志》，上海古籍出版社，1991年。

②陈育宁主编：《宁夏通史》，宁夏人民出版社，1993年。

③张迎胜主编：《西夏文化概论》，甘肃文化出版社，1995年。

[原载《中国民俗大系·宁夏民俗》，甘肃人民出版社，2004年版]

宁夏的口头文学遗产

宁夏回族自治区，简称“宁”，是我国五大省级民族自治区之一。地处祖国的西北内陆东部黄河中上游地区，与陕西省、甘肃省、内蒙古自治区毗邻。总面积6.64万平方公里，总人口661.54万人，其中回族236.14万人，占总人口的35.7%（据2014年末统计）。

宁夏全区可划分为三个地理单元，即南部山地与黄土丘陵、北部引黄灌区宁夏平原、中部干旱带台地与山间草原。早在3万年前的旧石器中晚期，古人类就曾在这片大地上繁衍生息，创造了古老的文明。今黄河之滨的水洞沟文化遗址，贺兰山一带的岩画，六盘山麓的伏羲、女娲和龙文化的起源传说，就说明了这一点。夏、商、周三代，宁夏南北部基本上被以游牧为主的氏族部落所控制、开发。春秋战国时期，今宁夏部分地区为秦北地郡管辖。秦始皇统一六国后，今宁夏全区属北地郡。汉代，今宁夏地区初属北地郡，后分属北地、安地郡。隋代，今宁夏南部属平凉郡，北部属灵武郡、盐川郡。唐代，今宁夏全境属关内道，曾设原州、会州、灵州等，并在灵州设朔方节度使和灵州都督府。唐肃宗曾在此即位登基，并以朔方节度使的兵力为主力，平定了安史之乱。宋代，党项族首领李元昊以今宁夏首府银川为中心建立地方封建割据政权西夏国。西夏国立国近二百年，创造了独特的民族文化。元代，宁夏北部位于元朝的中心地带，朝廷在原西夏地域设立西夏中兴等路行省，后改中兴路为宁夏府路。从此，宁夏地名得以出现并延续至今。明朝时，今宁夏属陕西布政使司，为军事要地。为防止北方游牧民族侵犯，朝廷将长城沿线的战略要地划分为九个防区，称为“九边”或“九镇”。今宁夏境内的有“宁夏镇”“固原镇”。固原还是延绥、甘肃、宁夏三个边防重镇指挥部“三边总制”府的所在地。清代时，今宁夏南部地区属甘肃省平凉府所辖固原州及化平川直隶厅，今宁夏北部地区属甘肃省宁夏府。民国建元，今宁夏固原地区初属甘肃省泾源道，后又改为陇东行政专区；今宁夏北部地区属甘肃省朔方道（俗称宁夏道）。民国18年，宁夏建省，辖地除今宁夏北部地区外，还包括今内蒙古自治区的阿拉善左旗、额济纳两旗。新中国成立后，宁夏曾于1955年并入甘肃省。1958年，在中国共产党民族区域自治政策的光辉照耀下，宁夏成立了回族自治区。从此，宁夏的历史开辟了一个新纪元，宁夏的文化发展，也步入了一个崭新的阶段。

宁夏不但有着悠久的历史，而且在长期的生产生活和斗争过程中，宁夏人民创造出了丰富灿烂的文化。作为这方水土孕育的产物和生活在这方水土中人们思想、情感、艺术载体的口头文学遗产，更是丰富多彩，蔚为大观。概括起来，具有以下类型和特征。

一、神话传说传递了古老的文明信息

流传在宁夏回汉民族中的神话传说数量不少，类型很多，它们传递了弥足珍贵的古老文明信息，鲜活生动地反映了远古先民的生活和精神世界。由于宁夏南部的六盘山地区是“三皇五帝”之首伏羲、女娲部落生活过的地方，是华夏文明的发祥地之一，因而这里遗留着不少伏羲、女娲的遗迹和神话传说，以及盘古开天地等神话传说，有的甚至深化为民间的某些习俗。如中宁县流传着《骊山老母补天，王母娘娘补地》的故事，也至今保持着每年腊月三十家家户户烙馍馍，房上扔一个“补天”、井里扔一个补地的民间习俗。

回族虽然形成于元明时期，但回族先民开始大量进入中国的时代，已是文明程度较高的盛唐时期，回族先民的故乡阿拉伯、波斯地区，同样也是世界历史上影响深远的“伊斯兰文化”的故乡。回族先民们进入中原后，自然带来了他们祖先的有关宇宙起源的“神话”传说，包括对宇宙形成、万物产生、自然界各种现象的解释等等。但最多也最主要的，还是被载入《古兰经》故事中，产生于上古，已由原始信仰传说提炼上升为系统化、经典化、哲学化了的宗教传说。这些传说作为成熟的故事文本，从进入中国开始，直到今天，仍流传在回族群众中，在一代代的回族人中口口相传，今天，已经为广大回族穆斯林耳熟能详。在各地的回族聚集区，有关宇宙起源的传说，有关真主造人的传说，有关大洪水的传说等等，内容基本相似，只是在具体的细节上加入了许多本土化的元素，更加丰富多彩。

然而，在回族民间，把《古兰经》中有关宇宙起源、真主造人、大洪水等内容的“神话”传说，称作“哈卡耶提”(“传说”“故事”)，而否认它们是神话。如果把这些传说说成是神话，就是在否定它的真实性。因而，称为“传说”“故事”方符合回族民众的宗教信仰、审美心理和审美习惯。

由此我们看到，回族民间对神话的理解丰富了神话学的内涵，对神话学理论的建设和完善具有积极意义：神话不仅在内容上与宗教如同孪生兄弟一样有着亲密的联系，而且在对神话概念的理解和称谓上，同样受到宗教信仰的深刻影响。

除神话外，其他传说在宁夏民间文学中也是民族特色比较鲜明、地方特色比较突出的品类。它们紧密结合宁夏的民族、宗教、历史、人物、生产、生活、地域、物产、风俗、习惯等，生动地展现了宁夏人民的生活风貌，具有多方面的价值。宁夏的传说大致为以下几类。

(一) 历史人物传说

流传在宁夏的历史人物传说很多、很丰富。其中回族中既有大量伊斯兰教创始人穆罕默德的传说，也有其他伊斯兰教圣人的传说，还有唐宋时来华的“回回先民”的传说，以及大量的回族历史人物传说。

汉族的历史人物传说涉及面也很广，既有在全国广泛流传的历史人物，也有与宁夏史事有关、曾经来过宁夏的人物，如孔子、秦始皇、韩信、诸葛亮、李白、包公、杨家将、李闯王、康熙皇帝等。

（二）地方风物传说

宁夏地方风物传说具有鲜明的地方特点，依据宁夏的山川湖泊、风景名胜、历史文化背景以及地方物产，反映了宁夏人民对于家乡的由衷热爱、赞美之情，展示了宁夏美丽的人文地理环境、丰饶的物产以及丰厚的文化积淀。其中特别是流传在宁夏泾源县的“龙”的传说，可以说是丰富、扩大了中国“龙”文化的源头，具有重要的学术价值。

宁夏的人物和地方传说中，反映西夏国的历史和文化是一个特别的内容。西夏国是我国古代以党项族为主体建立的一个地方政权，在历史上留下了辉煌的历史和瑰丽的文化。宁夏关于西夏国的传说，反映了西夏国的独特历史和创业精神，也反映了西夏与宋时和时战的历史现象，从一个侧面帮助我们更好地了解了这个历史上曾经与宋、辽鼎足而立的神秘王国。

（三）回族风俗传说

宁夏回族风俗传说与回族在中国和宁夏的形成、发展历史密切相关，具有鲜明的伊斯兰教色彩。它们有的对伊斯兰教的教义、功修进行了生动的诠释和解说，有的对回族的来历和生活习惯进行了艺术化的描述和抒情化的展示。这类传说多方面地反映了回族人民生活的丰富性和特殊性，是了解回族历史、文化和回族人民心理素质的形象教材。

（四）汉族和其他民族的风俗传说

宁夏汉族风俗既有中原汉族古老的遗风，又有塞北边陲的地方特点和各民族间相互影响、相互熏陶的显著痕迹。这类传说涉及婚丧嫁娶、衣食住行、岁时节日、礼仪交往等方方面面，表现了有别于其他地方的鲜明地域特色和人民的智慧创造。

宁夏还生活着满、蒙古等其他少数民族，他们也有不少传说生动地展现、反映了本民族的历史人物、民族风俗、生活风情和族源历史。

二、故事展示了广阔的社会生活内容

宁夏民间文学中数量最多、内容最丰富的是故事。这些故事，有的是宁夏劳动人民的口头创造，有的是从外地流入，经过当地人民改造而地方化、本土化了的。它们在宁夏回汉各族人民中长期口口相传，不仅生动地展示了广阔丰富的社会生活内容，而且寄托着人们深厚的思想感情，闪烁着劳动人民的生存和斗争的智慧之光。

宁夏的幻想类故事类型繁多，既保留了全国同类故事的基本特点，也表现出鲜明的地方和民族特点。特别是回族中流传的这类故事，大多具有浓郁的宗教色彩，情节离奇，优美动人，有的甚至还可以看到阿拉伯文学和波斯文学影响的痕迹，其反映出的生活习惯、心理特点、思维方式完全不同于汉族民间故事的那种传统模式。应该说是对我国民间文学的一种特殊贡献。

宁夏生活故事数量巨大，是各族人民社会生活的直接写照，形象生动地反映了各族劳动人民的道德观念和美学追求，是人民群众进行自我教育的形象教材，不少至今仍有着重要的引导作用。宁夏生活故事可分为长工地主、灵女贤妇、孝敬老人、勤劳节俭、和气生财、善恶有报、讽刺迷信、讥笑陋习、颂扬清官以及瓜（“傻”女婿）、酸秀才等多种类型。这些故事，在回汉各族群众中都有流传，不过在其中流传的过程中，依照自己民族的风俗习惯和审美心理进行了改造。

宁夏机智人物故事也不少，其中流传较广、最有光彩的是两个回族机智人物故事系列，一个是回族妇女赛里麦，一个是长工阿不都。过去，西北回族地区的妇女是不能出门做事的，也不能见外人。赛里麦的故事中，她不仅勤劳能干，持家有方，是家里的“女掌柜”，而且还女扮男装，出门在外，把流氓无赖的富人财主弄得出尽洋相，身败名裂，甚至战胜了骄横无理的皇帝，救出了亲人。故事表达了回族妇女追求人格独立、解除精神束缚、改变社会地位的强烈愿望，具有积极的社会意义。长工阿不都性格幽默，见义勇为，嬉笑于表但绵里藏针。他利用富人财主贪得无厌的心理，设置圈套，使他们陷于失败的境地。整个诙谐风趣，想象丰富，善于夸张，有很高的娱乐和教育价值，丰富了中国民间文学的人物画廊。

宁夏动植物的故事具有鲜明的地域特点，特别是回族中流传的这类故事流露出浓郁的民族生活色彩。它们虽然说的是动植物的来历，人与它们的关系，但实质是通过对动植物世界的细致观察及其精心描绘，表达了本民族的愿望以及爱憎情感，是民族生活经验和社会经验的总结。在轻松述说的故事中，表现了人与环境、人与人之间的相互依存的关系，其中包含着丰富的人生哲理、道德情操、生活经验等，主题往往深有寓意，发人深省。

宁夏民间故事结构紧凑，情节生动，通俗易懂，富于艺术的感染力，往往能通过一个个动人的故事表达富于寓意的主题，刻画鲜明的人物性格。语言朴实生动，流畅上口，具有西北人民群众生活中特有的语态和语感，具有宁夏的乡土气息。其比喻多用西北的高山大河、荒漠风沙、白杨红柳、骏马名花，于自然中流露出了故事的背景。在回族民间故事中，一些波斯、阿拉伯和经堂语汇的自然表达以及特有的表达方式也使宁夏的故事呈现出别样的语言风采和讲述风格。

三、歌谣抒发了人们内心丰富的情感

诚如一首民歌所唱的那样：“一把把胡麻撒上天，心中的花儿嘛万千，六盘山漫到南海边，转回来还漫它三年。”宁夏各族人民在长期的社会生活中创造了大量的民间歌谣，它们不但数量巨大，而且题材广泛，内容丰富，形式多样，特点鲜明，真实地反映了宁夏各族人民的生活，艺术地抒发了他们的思想情感，是劳动人民心声、形象等多方面的表达。宁夏歌谣大致分为以下几类。

（一）劳动歌

直接表现劳动人民生产劳动场景的歌谣，是宁夏歌谣的重要组成部分。宁夏劳动歌中最为多见的是夯歌、场歌、船歌、农事歌等。夯歌是打夯时，领夯者以歌谣为信号进行指挥，其他人在抬夯的同时，吼唱节奏鲜明的衬词的劳动号子。有的夯歌中还插唱一些历史故事或幽默诙谐的句子，也有的领唱者能即景即兴编唱。这样既能做到齐心协力动作协调，又能起到鼓舞情绪、减轻疲劳的作用。宁夏场歌的调子大多是悲苦凄凉的，这是因为场歌大多是酷暑下的个体劳动，沉闷原始的农业劳作给农民造成体力上的很大消耗和精神上的沉重负担。有的场歌以人畜对话的形式述说了对牛的同情，曲折地表现了自己在劳苦中的愤懑情绪和对世事的看法及人生体验。因每段场歌中几乎都要吆喝出“佬佬”“佬佬啊”“佬佬呀啊”等，场歌也被称为“牛佬佬调”。宁夏船歌，反映了船工的生活和黄河运输业的发展。宁夏农事歌是农民劳作经验的结晶。总之，劳动歌是宁夏各族劳动人民的酸甜苦辣、喜怒哀乐的直接记录和形象反映。

（二）情歌

情歌是宁夏民间歌谣中数量最多、质量最高、流传最广、最富于艺术感染力的部分。特别是回族的民歌“花儿”闻名遐迩，是宁夏民歌的骄傲。

“花儿”，又名“少年”，民间也称之为“野曲”，是广泛流行于甘肃、宁夏、青海、新疆等地，深受回、汉、撒拉、东乡、保安、土、藏等族人民喜爱的一种民歌形式。宁夏流传的“花儿”称为“六盘山花儿”，又称“干花儿”“山曲子”“野花儿”，主要流传在宁夏南部六盘山地区的西吉、海原、固原、泾源、同心等地，并传播到宁夏黄河流域的吴忠、中卫、中宁等地。“花儿”基本上都是情歌，是青年男女冲破封建束缚和传统宗法势力，大胆抒发内心感受，热烈追求爱情自由的产物。它之所以叫作“野曲”，不能在家里和长辈面前唱的原因，也正在于此。

“花儿”以细腻的感觉视角，炽热的表达方式，对回族青年感情生活的各个方面，做了丰富而多样的表现。“想烂了肝花盼烂了心，哭麻了一对眼睛”，这是如醉如痴的相思；“没见的花儿我才见了，心里的疙瘩儿散了”，这是相会的甜蜜和欣喜。“若要我二人的姻缘断，三九天，冰川上开一朵牡丹”，这是恋人的海誓山盟；“宁叫他皇上江山乱，绝不叫我俩的路断”，这是反抗的决心。总之，“花儿”是民间文学的一朵奇葩，它不仅高度凝结了文学、音乐的精华，而且表现了丰富的民族情感世界、精神世界和现实世界，反映了广阔的民族生活内容，具有文学、美学、音乐学、社会学、历史学、民族学、民俗学、语言学的重要价值和意义，是我国重要的非物质文化遗产。

（三）仪式歌

仪式歌是在民族生活的各种仪式上演唱的歌谣，反映了各族人民在生产和生活中形成的美好的风俗礼仪，是宁夏民间歌谣中极有价值和特色的部分。其内容和形式与民俗、宗教信仰的礼仪特点相结合。特别是回族的“宴席曲”，是宁夏民间歌谣中非常具有光彩、非常富于特色的一种民歌形式。宴席曲主要是回族在婚礼宴席中演唱的歌谣，是回族歌舞艺术的靓丽奇葩，也是回族民间歌谣的主要载体之一。当地流传的回族谚语说“你打个调，我唱个曲儿，欢欢乐乐讨上个喜”，就是指演唱宴席曲的情景。回族把举行婚礼称作“办宴席”，把参加婚礼、送亲叫做“吃宴席”，把在婚礼宴席上演唱的曲调叫宴席曲。因回族民间把它与“花儿”等所谓的“野曲”相区别，也称之为“家曲子”。之所以称为“家曲子”，是回族认为，与在野外演唱、大胆抒发男女情爱的“花儿”等“野曲”不同，宴席曲的内容很少涉及男女私情，更适于在家里男女老少大众面前演唱。宴席曲题材广泛，内容丰富，涵盖了回族群众数百年来的生产、生活、婚姻爱情、思想情感、民族历史等方方面面的内容。可以说是表现民族生活和历史的一部百科全书，是研究回族历史、风俗习惯、审美情趣、语言文字、文学艺术的重要资料，是非常珍贵的回族非物质文化遗产。

宁夏汉族群众中也流行着丰富多样的仪式歌，这与佛、道、儒等各种宗教的传播和其他各种文化的影响有着直接的关系。祭祀歌为重大祭祀如祈雨、祛灾时演唱的诀术咒语。社火歌是春节民间自编的敬神迎春的春官词，有祝颂的，也是娱乐性的，有的则近于曲艺表演。礼俗歌是最为常见也最为繁杂的仪式歌，婚丧、嫁娶、饮宴、盖房、上梁等都有歌谣。其中结婚仪式特别讲究，每个程序都有歌谣相伴。宁夏各民族不同的礼俗以及各具特色的仪式歌谣为研究不同民族的风俗、历史、心理特征和审美情趣提供了宝贵的材料。这类歌谣，有的有较为固定的套式，有的则允许即兴编唱，有的演变成了歌舞，大多能代代相传并发展演变。

（四）生活歌

宁夏民间歌谣中，还有大量表现各族人民生活疾苦，抒发他们生活感慨，反映他们日常生活，表达他们生活情趣的生活歌。这类歌谣，有的采用的是"宴席曲"的形式，有的采用的是"花儿"的形式，有的采用的是一般民间歌谣的形式。无论采用何种形式，它们都情真意切，质朴自然，很好地反映了宁夏各族人民在那个时代的生活情景和思想情感，具有较高的认识价值和艺术价值。

宁夏生活歌主要可分为以下几类。一是苦歌。民间又称为"苦情歌"，是生活在社会下层的各族民众倾述内心痛苦的歌。其内容有反映民众生活之苦的，包括长工的疾苦、出门人的艰苦、当兵的悲苦、妇女的痛苦、孤儿的饥苦、老人的愁苦等等，是宁夏各族民众旧社会真实的生活和精神写照。苦歌也是一种悲歌，倾诉苦难能使人过度压抑的情感得到一定的宣泄、释放，因而在宁夏民间歌谣中占有重要的地位。二是妇女歌。无论在哪个地方、哪个民族中，妇女都是不可或缺的另一半。妇女在民族生活中具有极其重要的位置，宁夏民间歌谣中，也有许多关于她们的篇章，有的直接就是她们发自内心的呼唤。三是诙谐歌。人民的生活中不会完全是苦痛，他们的思想情感也是开朗的时候居多，因而，在宁夏民间歌谣中就有不少是表现他们豁达乐观性格和幽默风趣生活态度的诙谐歌曲。 它们大多篇幅短小，语言简洁，通过日常生活的比喻，概括出了生活中一些值得称道之处，揭示了生活的哲理和规律，闪烁着智慧的光辉。四是风物歌。反映宁夏地方特产，描写社会风物民情，这是宁夏民间歌谣的另一方面的内容。这类歌谣，虽然在民间歌谣中的数量不是很多，但它们很有特点，并以其精练的语言、形象的比喻、高度的概括和大胆的夸张而脍炙人口，广泛流行于宁夏各族群众口中。

（五）历史传说歌和叙事歌

这类歌谣在宁夏数量不是很多，但都很有历史和艺术价值。主要有《随军走口外》《马仲英打宁夏》《马鸿宾坐宁夏》《吆骡子》等。《随军走口外》又名《高大人领兵》，从下层穷苦士兵的视角，反映了随军出征的回族士兵的苦难经历和悲惨命运。《马仲英打宁夏》是一首广泛流传于宁夏地区的著名回族叙事诗，讲述了民国时期，人称"尕司令"的回族传奇人物马仲英攻打宁夏的史事，还记述了这时期宁夏发生的主要政治历史事件。《马鸿宾来宁夏》，可谓是《马仲英打宁夏》的姊妹篇。记述了马仲英打宁夏后，宁夏的政治社会情况以及马鸿宾主政前后的历史和老百姓的感受，具有重要的史料价值。《吆骡子》则是这类歌谣中流传较广，深受回族群众喜爱的一部长篇叙事诗。它最早主要流传在宁夏的南部山区，是宁夏回族花儿"干花儿"的一种。因歌手在演唱这首叙事曲时，经常要有"骡子哟""骡子呀""骡子儿那个"等起兴句式而得名。全诗包括"歌头""歌尾"共由十四个部分组成，二句一组，550行。长诗以现实主义的真实描述与浪漫主义的抒情幻想相结合的创作手法，通过热情奔放的语言、大胆绮丽的想象和夸张的手法，讲述了一对回族青年曲折的爱情故事，塑造了勇于追求婚姻自主的回族青年紫花儿和姑舅哥的形象，展示了浓厚的回族风情民俗。长诗揭示的同样是反封建专制反社会压迫的主题，抒发了回族群众对美好幸福生活的无限憧憬和向往。

（六）儿歌

儿歌是宁夏歌谣中颇能反映各族人民的童心，最能显示原始状态的歌种。它包括以唱为主的儿歌和以说为主的童谣。儿歌是儿童最早接触的文艺样式之一，也是儿童成长与生活的重要组成部分。宁夏儿歌非常丰富，既有成人为哺育、教养孩子而编创的，也有儿童自编自唱的。如"我在高高山，你在低低山。我吃羊肉面，你吃驴粪蛋"，诙谐风趣，富于童趣和地方特点。宁夏儿歌从内容上看，大体可分为四大类：搞娃娃曲（摇篮曲、催眠歌、瞌睡歌）、游戏歌、谐趣歌、事理歌等。其内容广泛，大到家庭生活、社会生活、日月星辰，小到花草虫鱼等等，无不可以咏唱而成歌谣，可谓是儿童生活的百科全书。

（七）民间说唱与小曲子

宁夏的民间说唱也非常丰富，比较有代表性的，是流行于回族中的"数花"和"对花"。"数花"是宁夏地区广泛流传的一种民间说唱形式，之所以称之为"数花"，是因为一般每段唱词常由花名起兴，引出演唱内容，收尾再回到花名上来，以"花"开头以"花"收尾。每段的起兴所用花名都不一样，经常出现的有沙枣花、金银花、向阳花、富饶花、山丹丹花、苦菜花等。另外，在宁夏流传着另一类嘲讽诙谐的"数花"，如《石榴花开》等，多嘲笑生活中喜欢吹牛撒谎、搬弄是非的人和懒婆姨所遇到的败兴尴尬事。这类"数花"由真花起兴，以象征花儿收尾，如"是非花儿""谎溜子花""可怜花儿""丑八怪花""臊毛花儿""哄人的花儿""扫兴花儿"等。

"对花"因以花提问、以花作答而得名。开始主要流传在回族妇女中，农闲时节，回族妇女三五成群地坐在一起，一边做女红，如绣花纳鞋底缝补衣物等，一边相互对唱。有未出嫁的姑娘，也有年轻的小媳妇，内容主要为问答各种花儿开花的季节和生长特性的，猜谜娱乐的性质十分明显。在俏皮活泼的对唱中，又赋予了对花含而不露的爱情交流的功能，表现出西北回族妇女含蓄的审美情趣和内敛的性格特征。

（八）革命歌谣

宁夏属于著名的陕甘宁边区。中国工农红军长征先后三次路过六盘山地区。红军西征时，总指挥部就设在宁夏同心县的豫旺镇，历时半年之久。红军的抗日反蒋、民族平等的主张，对回族群众的革命意识产生了深刻的影响。红军纪律严明，保护群众，为百姓谋幸福的形象，也给当地的回族人民留下了美好的印象。因此许多歌谣都表达了处于民族压迫和阶级压迫之中的回族人民对共产党领导的革命军队的期盼和向往。如《盼红军》《红军到来幸福长》《葫芦河，弯又弯》《投南梁》等。

四、谚语反映了劳动人民的经验和智慧

谚语被誉为民间的知识总汇和百科全书，蕴蓄着人类社会广博的经验和智慧。宁夏各民族的谚语，数量宏大，内容广博，它们是宁夏回汉等民族人民长期生产、生活与斗争经验、智慧的结晶和语言艺术的瑰宝。由于宁夏自古以来就是戍边屯垦之地，各代不

断有大批移民迁徙过来，过去有所谓“宁夏有天下人，天下无宁夏人”之说，因而这些外来人口也带来不少外地的语言文化。所以宁夏有“人口小省、语言大省”之说，宁夏的谚语文化特别丰富而多样。

在宁夏各民族的谚语中，内容涉及政治、经济、文化、社会、历史、民族、宗教、自然、地理、日常生活、农业生产、行业活动、风俗忌讳等方方面面。其中有的深刻地阐述了国家群体与个人间的关系，有的精炼地概括了日常生活中的哲理，有的形象地说明了宁夏人民的是非美丑观念，有的生动地表达了他们生产活动的经验。这些谚语，发人深省，富于启迪，不少在今天仍有着积极的意义。

宁夏的谚语，不但在内容上是丰富多彩的，在艺术上也表现了人民群众的创造力和艺术才华。它们广泛运用各种修辞手法，使说明的内容形象生动，富于情趣。有的用拟人、夸张、排比、递进等艺术手法，使人印象深刻，牢记在心。有的用比兴的艺术手法，将生活的哲理、斗争的经验、为人处世的道理形象生动地表现了出来，产生了强烈的艺术效果。宁夏谚语凝练、和谐、富于音韵美。它们短的只有三五个字，最长的也不过二三十字，但往往能“一两压千斤”，短中见长，以小见大，把丰富生动的思想内容，深刻隽永的道理，用最精炼、朴实的话表达出来。

宁夏谚语具有鲜明的地方特点。它们在使用比兴时，多与宁夏地方风物、地域特征密切相关，用群众所喜闻乐见的事物类比。如：“打是亲，骂是爱，香油拌的苦苦菜”，“贺兰山戴礼帽，庄户们睡大觉”。凝练、生动、形象、贴切，寥寥数字，就阐明了生活的辩证法和某种深刻的道理。

在宁夏谚语中，回族谚语占了很大比重。回族使用的是汉语言文字，但在日常生活中也掺和了一些波斯语、阿拉伯语和经堂语汇。这些语汇也自然地运用在了回族的谚语中。如“也贴目的娃娃乜贴多”“老少头上有无常”。其中的“也贴目”指父母双亡的孤儿，“乜贴”是舍散的意思，“无常”指死亡。它们虽属外来语，但已渗透到回族群众的日常生活之中，反映了特定的民族心理和情感，表现了特定的民族生活内容，使回族谚语更有特色。

极其珍贵的是，宁夏还发现有不少西夏古谚。谚语在西夏流传很广、很久，西夏中期，学者梁德养开始搜集整理西夏流行的谚语并着手汇编，可惜生前未能完成。之后，另一学者王仁持又进行了整理和补充，并于公元 1187 年刊刻了西夏文的《新对偶谚语集锦》(有人译作《新集锦合集》)，内集谚语 366 条。1905 年，俄国地理考察队在西夏黑城遗址发掘出土了这部古籍。1974 年在莫斯科出版后，宁夏的西夏学专家翻译为汉文，使这一珍贵的民族瑰宝得以在国内与广大读者见面。这些古谚，讲究对仗匀称，从三字对仗（每行三字，两行相对）到十字对仗，几乎条条都很精彩、工整，排比规范，整齐有序，节奏鲜明，琅琅上口，给人以美的享受和智慧的启迪。西夏谚语反映了西夏党项族人民广泛的生产和斗争生活，具有极其珍贵的史料价值，可谓是中国谚语的活化石资料。

[原载中国民间文艺家协会编:《中国口头文学遗产数据库（一期）总目·宁夏卷》]

西北的贡品文化

西北即我国西北部的广大地区，包括今陕西、甘肃、宁夏、青海、新疆五省区。西北不仅幅员辽阔，物产丰盛，历史悠久，民族众多，文化多样，而且是中华文明的重要发祥地，封建王朝一度的中心地带。伏羲、女娲、黄帝、炎帝最早就活动在这里，周、秦、汉、隋、唐等我国强盛时期的王朝也建都于此。在海路交通不甚开通、发达的时代，西北是中西方往来的主要通道，是内地与边疆各民族交会、融合的地方，也是中西物质、文化交流的首要地区，著名的丝绸之路就贯穿于西北。因而，西北也是中国贡品的重要产生地和输送地，是贡品文化的源头之一。

一、西北贡品的发展历史

我国古籍记载的有关贡品的历史，最早就发生在西北。据传作于战国的古书《竹书记年》载："帝尧陶唐氏十六年，渠搜氏来宾。"据考证，"渠搜氏"即渠搜国，在西域一带，汉代为大宛国。来宾，即来贡。这则记载虽然没有说明西域的渠搜国所贡为何物，但已为我们留下了上古时代西北部族向中原王朝进贡的珍贵历史记录。

《竹书记年》的另一珍贵记载是西王母向舜贡献白玉的事迹："帝舜有虞氏九年，西王母来朝……献白环玉玦。"与此相关的记载还有："舜时，西王母献韶华之琯，以玉为之。"西王母有人说她是神话传说中的人物，但也有许多专家认为是我国古籍中上古时居住在昆仑山的氏族首领。据考古发现，早在原始社会末期，西域的昆仑玉就已进入中原，河南安阳殷墟妇好墓就出土了许多昆仑玉器。这说明早在上古时代，西北的一些部族已经与中原的部族有了友好密切的往来，而贡品和贡品文化也早在这时已经事实地存在，成为西北各部族与中原部族友好往来的一种重要的行为和活动。也说明了，西北贡品的起源很早，其产生发展的历史早于我国其他地区。

西北贡品发生、发展的历史大致可以划分为以下三个时期。

（一）先秦时期

这一时期的历史记载虽然不是很多，但都十分珍贵，且留下了许多脍炙人口的历史佳话。

如《史记·周本记》："帝纣乃囚西伯于羑里，闳夭之徒患之，乃求有莘氏之美女、骊戎之文马、有熊之九驷，他奇怪物，因殷嬖臣费促而献之纣。"记载了殷纣王时，西北的周文王被囚，他的臣属以美女、文马等"他奇怪物"进贡纣王，从而使得文王获释的历史事件。这既反映了殷商时期进贡之事的常态化，也反映了作为一种政治手段，

"贡品"可以达到的特殊目的，记录了当时历史斗争的具体事实。再如，《史记·殷本记》载："西伯乃献洛西之地，以请纣去炮烙之刑，纣许之。"土地是宝贵的，在当时，也是一种表示最大诚意的贡品。周文王为让纣王废除极其残酷的炮烙之刑，竟然将最为宝贵的一部分土地作为贡物献出，足见他的仁慈和用心良苦，难怪后来赢得天下呢。

而在先秦有关贡品的历史记载和神话传说中，流传最广，在后世影响最大，并脍炙人口的，当属周穆王与西王母相会的故事了。诚如鲁迅所说："其最为世间所知，常引为故实者，有昆仑山与西王母。"据《穆天子传》所载：周穆王巡游昆仑，会西王母，赠上从中原带来的锦缎等礼物。而西王母也向周穆王贡献了昆仑山的美玉数万件及大批奇珍异宝，使周穆王"攻其玉石，取玉版三乘，载玉万只"而返。舜时的"西王母"这时仍然活着，这不能不是一个奇迹。合理的解释是：一是在古代神话中，她本来就是一个半人半神的传奇人物；二是从历史的观点来看，她是生活在昆仑山一带原始氏族部落的首领，这个部落大概还处于母系氏族社会阶段。因而，所谓的"西王母"并不是一位具体的、特指的个人，而是对这个氏族首领的统称。也正因为如此，在古代小说、诗歌和民间传说中，给这次交会和贡献活动绘上了一层浓厚的神话色彩。据说，西王母国的疆域广大，十分富饶。她的宫阙建在昆仑山中，非常富丽堂皇。周穆王听说西王母十分神奇富有，遂于在位的第十七年，命令善造车舆的大臣造父，为他打造了坚固而华丽的宝辇，驾上心爱的八匹骏马，直奔昆仑山。在阳光祥和的吉日里，两人终于在瑶台边上相会了。西王母乘紫云龙车，上有一对青鸟，左右盘翔，下由众仙女随侍，有大队仪仗导之于前。她"身着飘带，文彩鲜明，光仪淑穆；带灵飞大绶，腰佩分景之剑；头上绾太华髻，戴太真晨婴之冠；履玄璃凤文之舄。天姿掩蔼，容颜绝世"。周穆王则著宽袍广袖，广额朗目，仪表威严，神采飞扬。西王母设盛筵款待周穆王，席间，她"容眸流盼，神姿清发"，情不自禁地为周穆王献上了一首"白云之歌"："白云在天，山恭自出，道里悠远，山川间之，将子无死，尚能复来。"周穆王感动不已，和歌一首："予归东土，和治诸夏，万民平均，顾吾见汝，比及三年，将复而野。"最后，西王母向周穆王贡献了昆仑山中的美玉数万件，使穆王满载而归。

他们之间三年之后是否再次践约史书不载，看来已成了千古之遗恨。但那首留传了数千年的"白云歌"和西王母贡献的大批奇珍异宝，尤其是上万件美好的昆仑玉，却深情讴歌了西域部族与中原王朝友好往来的传统友情，也如实地记载了上古时西域部族向中原王朝进献贡品的一段动人的佳话，传递了中国贡品文化的迷人色彩，为我们今天研究中国贡品和贡品文化提供了生动的例证。

（二）秦、汉、隋、唐时期

这一时期，从大体上来说，正是中国封建王朝的强盛时期，也是贡品活动和贡品文化十分活跃、发达的时期。秦朝年代虽短，但贡献之事应十分繁荣。秦二世胡亥曾说，"今始皇为极庙，四海之内皆献贡职，增牺牲，礼咸备"（《史记·秦始皇本纪》）。由此可见当时贡献之盛了。汉初，经历了长期战乱的汉代统治者推崇黄老的"无为而治"，采取"与民休息"的政策，因而曾一度"止贡""不受献"。汉文帝登基伊始，就宣布："令郡国无来献、施惠天下"，"令诸侯无入贡"。但经过相当时间的休养生息之后，到汉武帝时期，汉朝国力大盛，贡献之事不但又兴盛了起来，而且达到了空前的高峰。特别是张骞通西域之后，西域各国通过进贡、进献，与长安的汉王朝的物质与文化交流十分活跃，所贡物品无论品种、数量都是前所未有的。诚如史籍记载："遭值文景玄默，养民五世，天下殷富，财力有余，士马强盛，故能睹犀布、玳瑁则连珠崖七郡，感枸酱、竹仗则开牂柯、越隽，闻天马、葡陶，则通大宛、安息，自是以后，明珠、文甲、通犀、翠羽之珍盈于后宫，蒲梢、龙文、鱼目、汗血马、充于黄门，钜象、师子、猛犬、大雀之群，食于外圈，殊方异物，四面而至。"（《汉书·西域传》）而在《西域传》中发出这一感慨，也足以说明西域在当时贡品活动中的重要作用和地位了。至于隋代，虽然立国时间不长，但却打下了雄厚的国力基础，建立了同西域各国良好的物质文化交流关系。隋炀帝开今天世博会的先河，曾亲到甘肃张掖山丹的焉支山，举行"万国博览会"，接见西域二十七国嘉宾。西域各国向隋贡献并交易的物品当十分丰富，为一时之盛。唐代是中国封建王朝的鼎盛时期，也是对外大开放、大交流的时期，西域各国以及西北各地的贡品更是大量涌向长安。这些外来的贡品不仅大大丰富了唐朝的物质生活，而且深刻地影响到了中原人民的文化生活和精神生活。

概括地说，这一时期西北和西域的贡品和贡品文化，具有以下鲜明的特点：

一是贡献的地方多。不但西北的各部族、各地方向中原王朝、中国皇帝进献方物，而且当时不属于中原王朝管辖的地方，乃至于沿西域交通线而来的一些国家，也出于友好交往、互通有无、贸易往来、文化交流等目的，向中原贡献各种特产，新鲜玩意。这种贡献活动，留下了中外友好往来的历史记载和珍贵记录。如，通过汉武帝元朔年间安息王"以大鸟卵及黎轩善眩人献于汉"，和汉武帝元封三年"大秦国贡花蹄牛"，以及唐玄宗开元元年大食国"遣使献马、钿带"等的历史记载，我们看到了中国与古波斯、罗马、阿拉伯人民最早交往和交流的历史记录，这是弥足珍贵的。

二是贡献的物品十分丰富，大大超越了前朝历代。在这些贡献的物品中，不仅有西北各地方、西域各国的土特产，而且有中原闻所未闻、见所未见的珍禽异兽、蔬菜花果、汗血宝马、香料药材，甚至于还有西域及西方国家的人物。如，汉武帝元朔年间，安息王"以大鸟卵及黎轩善眩人献于汉"。"黎轩"，当为汉时中原对罗马人的称呼，今甘肃金昌在汉时有一支罗马人部队遗落于此，至今仍以"骊轩"村名之。"善眩人"，即魔术师。颜师古《史记注》说："眩读与幻同，即今吞刀吐火，植瓜种树，屠人截马之术皆是也，本从西域来。"唐杜佑《通典》也说："前汉武帝时，遣使至安息，安息献黎靳幻人二，皆蹙眉峭鼻，乱发拳须，长四尺五寸。"也足以说明，安息贡献的，是罗马的魔术师。这是罗马人进入中原的较早记录，在中外人民的交往史上有着重要的意义。

三是贡献的不仅仅是物品，而且通过这些物品，将西域和西方的宗教和文化引进到了中国。西北部族，尤其是西域各国贡献的虽然大多是物品，但这些物品大多蕴含着丰富的文化内涵。因而，他们通过物质化的贡品，也将非物质化的西域和西方的宗教、文化介绍、引进到了中国。如，在西域各国贡献中国的物品中，不断有进献佛经、佛牙、佛像的记录，通过这些物品，实际上就将佛教介绍引进到了中国。再如，除上述安息国进献罗马人魔术师外，这时期还有不少西域国家进献"胡旋女"的记载。如《新唐书·西域列传》就多次记载，唐玄宗开元时，康国、米国等西域诸国，多次进献"侏儒、胡旋女子"。这些西域艺人来到中原，必然会将西域和西方的歌舞、曲艺和杂技艺术带入中原，有力地促进了中外文化的交流融合及中国艺术的发展。

（三）宋代至清代时期

这一时期，虽然中央政权逐渐东移，西北已失去了原有的腹心地位，但西北并经西北输送的贡品依然不少，西北的贡品文化仍然十分积极活跃。这时期的主要特点为：

一是著名的丝绸之路虽然屡遭阻挠、破坏，中外交通逐渐移由东南海上为主，但西域各国与中原的联系并未中断，来自西域的贡献活动仍屡见记载于史书。如《宋史》载：宋太祖建隆二年，于阗屡次来贡，先后的贡品有琉璃瓶、胡锦、玉枕、玉圭等。太祖“乾德三年十一月，西州回鹘可汗遣僧法渊献佛牙、琉璃器、琥珀盏”(《宋史·列传第二百四十九》)。在宋太宗、宋真宗年间，史书也有大食先后来献蔷薇水、琉璃器、乳香、镔铁、花蕃锦、白龙脑、腽肭脐（补药）、龙盐、眼药、白砂糖、千年枣、褊桃、驼毛褥面、白越诺（一种织物）、细越诺、瓶香、象牙、琥珀、绣丝、红丝、碧黄锦、红驼毛、金线璧衣、白琉璃酒器等的记载（《宋史·列传第二百四十九》)。可见西域方面的贡献活动之活跃、贡献物之丰盛。直到明清时，仍有土鲁番、于阗贡玉璞、海青、名马，哈密“进马”，“西域贡麒麟”，撒马尔罕“贡马驼、玉石”“贡狮”等的记载（《明史·宣宗，列传第二百三十、二十》)。可见来自西域的贡品，始终在中国贡品中占据着重要的位置和特别的分量。

二是传统的贡品仍然为贡品的主流，但新的贡品也不断呈现，使中国贡品文化出现了新的内容。从前文我们可以看出，过去传统的贡品，玉石、驼马、奇兽、珍宝虽仍在向皇帝进贡，但是一些新生产的物品和一些新发明的具有新工艺、新技术的新贡品也开始进入贡献的行列。如，西域进献的贡品中，既有胡锦、镔铁、花蕃锦、驼毛褥面、白越诺（一种织物）、细越诺、瓶香、绣丝、红丝、碧黄锦、红驼毛、金线璧衣、白琉璃酒器等过去所未见到的，随着工艺水平提高而新制造的一些物品，也有龙盐、白砂糖、蔷薇水、眼药”等化学和医疗的新产品。在当时的历史记载中，还有辽圣宗统和十九年，“回鹘进梵僧名医”（《辽史·圣宗五》）等，通过进贡西方的药品、名医，使来自阿拉伯、波斯等地的医药技术也进入到了中原。在中世纪，阿拉伯、波斯的医疗技术和医药水平居于世界领先地位。唐五代时，来自波斯的回回诗人李珣就曾著有《海药本草》一书，将波斯的医药成果引进到了中国。明初，来到中国的回回人也曾撰有《回回药方》36卷，为伊斯兰医药成果的一部百科全书。可见，当时阿拉伯、波斯先进的医药技术已经进入到了中国。这些贡品，也有力地说明了这一点。

三是与以前相比，西北地方贡品的比重有了较大幅度的上升。尽管西域的贡品仍然通过各种渠道来到中原，但是，由于这时期中外的交通已由过去陆上为主而改为海上为主，加上中国政治、经济中心的东移，因而，为了表达对中央政府的忠诚，西北各地的贡品较之以前有了更多的进献，有关这方面的历史记载，也明显高于以前。这时期西北地方的贡献，一为当地的土特异产，如，宋太宗雍熙四年：“鄜州献马，前足如牛。”(《宋史·太宗二）金哀宗正大六年：“金陇州防御使舒穆噜栋尔进黄鹦鹉”(《续资治通鉴·卷一百六十四》)。明世宗嘉靖二年，“宁夏贡红花”(《明史·列传第八十》)。二为各地所出的所谓“祥瑞”，地方官以太平盛世来临而向朝廷报喜。如，宋太宗太平兴国四年：“华山道士丁少微诣阙献金丹及巨胜（胡麻的别称，因古人认为胡麻在“八谷”之中最盛，故曰巨胜，《政和证类本草·胡麻》曰“巨胜尚延年，还丹可入口”。）南芝、玄芝”（《宋史·太宗一》。宋真宗大中祥符四年：“华州献芝草”（《宋史·真宗三》）。明英宗正统六年：“陕西进嘉禾”（《明史·英宗前记》）。由于这时期一度存在的动乱和争斗，因而在进贡的物品中，除实际的使用价值外，往往更注重的是这些物品的象征意义。如，《宋史》载宋太宗至道元年：“李继迁遣使以良马、橐驼来贡”（《宋史·太宗二》）。宋神宗元丰八年“夏人以其母遗留物、马、白驼来献”（《宋史·哲宗一》）。这里所指的夏国，为当时雄踞在今西北宁夏、甘肃、青海一带的西夏国。其国主李继迁、李元昊自立王号，屡败宋军，成为了当时宋朝的心腹之患。但他们有时出于斗争策略的要求，也向宋朝纳贡求和，而宋朝也为此而沾沾自喜。因而，这种贡品，就具有更重要的象征意义。

二、西北贡品的主要种类

西北的贡品和西域各国的贡品种类繁多，品种丰富。若要做一个全面的统计，当是十分困难的，但各代正史对于其中的一些进贡活动和贡品有所记录，概括起来，主要为以下几大类。

（一）玉石玉器

无论是历史记载，还是民间传说，玉石和玉器，自上古时代，直到清代，始终是西北向中原王朝和皇室进贡的重要物品。所进贡的玉石种类虽然也很丰富，但占据主流，并始终不绝于途的，还是新疆昆仑山所出的和田玉。昆仑山的和田白玉名闻中外，西汉文学家东方朔的《海内十洲记》曾誉其为“白玉之精”。历代进贡皇帝的新疆玉石，多取自这种和田白玉。从尧舜时期西王母贡献昆仑玉开始，一直到明清，和田玉及其制品的贡献始终是新疆和西域向中原皇帝进贡的重要物品 。在相当长的时期内，和田玉是专供皇家和贵族享用的物品，平民百姓是不许问津、拥有的。因而，朝廷一度对和田玉的开采和运送采取控制的措施，著名的玉门关就是为此而设的。到了唐宋时期，和田玉已经不再是帝王贵族专享的用品，它开始慢慢流向百姓，和田玉大量进入中原地区，明清时期达到了鼎盛。

清代的乾隆皇帝尤其酷爱和田玉，从“于阗”（今和田）常有玉石进贡。当地采到一些珍贵的玉材，更是不计人力、费用，贡献到京师，以供乾隆选用。乾隆帝亲自督导了多次大型玉雕的琢制工程，在乾隆三十一年至乾隆五十三年短短二十来年中就制造了“秋山行旅”玉山、“南山积翠”玉山、云龙玉瓮、大玉瓮等大型玉雕。尤其是乾隆帝亲自审定、命工匠制作的“大禹治水图”玉山，更是中国玉贡品和玉文化的一大杰作。

“大禹治水图”玉山的玉料重达万斤，出自距北京万里之遥的新疆密勒塔山，由当地官府向朝廷进贡。从开采到运至京城用了三四年工夫，所费人力物力难以数计。在当时没有现代化交通工具的情况下，运输的艰难可想而知。玉料运至北京后，乾隆皇帝十分喜爱，认为这样罕见的大玉材应该用来表现伟大功业，他决定按内府所藏宋人所画《大禹治水图》上的景象来雕琢一座高大的玉山。宫廷造办处先做出了玉料四个面的画样，并用蜡塑出了玉山的式样，然后将玉料和蜡样一起发往扬州，由当地玉工用了将近十年的时间精雕细琢而成，由水路运回北京紫禁城。乾隆五十二年（1787 年），安置在乾隆皇帝为自己建造的太上皇寝宫——乐寿堂中。

这座玉山高 224cm，宽 96cm，座高 60cm，重 5000kg。雕琢的是大禹领导人民开山治水的古老而伟大的故事。是中国玉器中用料最宏，运路最长，花时最久，费用最昂，雕琢最精，器形最巨，气魄最大的玉雕工艺品，也是世界上最大的玉雕之一，堪称世界一流玉器、工艺品之最，标志着清代玉雕的高峰。

由于皇帝喜爱，因而，在清代和田玉的进贡是地方和朝廷相当重视的一件事情。据史料记载，清乾隆二十五年（1760 年），朝廷决定今新疆莎车、和田一带所产的玉石、黄金和今焉耆一带的铜，为南疆地方向清朝政府“任土作贡”的三大贡品。两年后，清政府下令全面对南疆产玉的河床、玉山封禁，并设卡伦（哨所）看守，不准普通百姓上山下河采捞玉石。当时，南疆的贡玉分“例贡”及“特贡”两种。“例贡”的玉无数量限制，出产多少，上缴多少。“例贡”中的河玉每年采捞两次，一次是在 3 月桃花水下泻后，一次是在秋水下泻时节。无论哪次，都是在冰寒彻骨的水中作业。和田县城西侧是卡拉喀什河，东侧是玉龙喀什河，两条河流都是发源于昆仑山的著名“玉河”，当地的群众就在这两条河里采集玉石。那些负责收集玉的清朝官员通过南疆各地的伯克（管理者）摊派劳力，以军事化的形式分地段编营，沿河三五十人并肩一字排开进行采捞，大的采捞队伍达 500 人之多。这些采玉者多是南疆境内的穆斯林民众，他们在进入采玉区之前和采捞过程中，均被当地政府登记造册。《清实录》记载，和田与叶尔羌每年运往京城的贡玉在 4000 斤上下。《新疆图志》统计，和田和叶尔羌两地每年出产的玉在 7000 斤至 1 万斤。

“特贡”则是指清代宫廷造办处根据朝廷祭祀大典及皇室各种庆典的需要，派人到叶尔羌及和田专门收集制作玉磬、玉册、玉玺、玉印的材料。据资料统计，自乾隆二十七年至五十五年（1762—1790 年）的 28 年间，先后通过办事大臣收集的大型材料七批，由宫廷管库官员带领玉工到矿山开采玉册材料 800 片、玉印材料 50 方，共运出疆玉石材料 1000 余件，重量达 3 万斤以上。

从新疆到京城路途长达几千公里，现代运输工具出现之前，和田玉经过“玉石之路”进入内地只能依靠人力以及畜力。乾隆五十四年(1789 年)，叶尔羌伯克玉素甫派民工采得大块玉三块，一青、一葱白、一白。青玉重 1 万斤，葱白玉重 8000 斤，白玉重 3000 斤。玉素甫为了投乾隆皇帝所好，决定让人将这三块巨玉整体运往北京进贡。当时的南疆地区，戈壁漫漫、沙漠千里，路途艰难，运玉队伍经过 8 年时间，才到达和硕的乌什塔拉，而此时的朝廷已经由嘉庆皇帝登基。乌什塔拉办事大臣都尔嘉将这种劳民伤财的情形上报给嘉庆，嘉庆皇帝立即下令：“不论这些玉石运至何处立即抛弃，不再运送。”当年 5 月，嘉庆皇帝再次下令：“嗣后回人，得有玉石准其自行卖与民人，无庸官为经手，致滋纷扰。”又说：“新疆玉石不论已未成器，概免治罪，民间玉料，既准流通该处，卡伦即成虚设，亦如所请，一并裁汰。”还说：“总宜恩养回民，疆宇宁靖是朕至愿，玉之多少，何足轻重?”就这样，和田玉在当地流通的大门算是打开了。嘉庆时期一改乾隆实行玉禁的做法，恢复了新疆玉石的流通，撤销了玉产区卡伦，在完成贡玉采捞后，不再禁止民间采捞。允许新疆穆斯林携玉进关，允许南方工匠赴新疆收购，这就使得和田的玉石买卖开始兴盛起来。清道光元年（1821 年），清政府因为和田玉的库储丰足而停贡。

除进贡玉石原料外，西北和西域向朝廷进贡的玉器，也是琳琅满目，不胜枚举。

（二）牲畜皮革

包含马、驼、牛、骡、羊等及其皮革制品。其中特别是马匹，作为冷兵器时代的重要作战物资，朝廷对它的需要是大量的，对于其中优异的品种，更是求之若渴。而西北自古出好马、名马，西北少数民族和西域各国就投其所好，经常向朝廷进献大批马匹，有时一次就达数千匹之多。在所进献的马匹中，最珍贵、最具传奇色彩的，当属来自西域大宛等地的“汗血宝马”了。大宛在今塔吉克斯坦一带，所出的“汗血马”以疾驰时汗出似血而名，为著名的千里马，汉武帝时贡入中原。汉武帝得到一匹后欣喜若狂，名之为“天马”，并作歌咏之，歌曰：“太一贡兮天马下，沾赤汗兮沫流赭。骋容与兮跚万里，今安匹兮龙为友。”

除名马外，西域有的国家还进贡了一些具有特殊技艺的马，以供皇帝游乐。如唐朝时，西域就进贡了“打球马”，这促进了唐朝贵族的马球运动，很得皇帝和贵族们的欢心。

（三）金银珠宝与矿产

这不仅包括出自西北的特产，还包括来自西域的各种新鲜东西。有：金、银、铜器、镔铁、琉璃、水晶、玛瑙、琥珀、珊瑚、玳瑁、珠贝、古贝、燕脂、金星石、赤玻璃、绿金精、宝石、石膏、清石、印盐、红盐、鸣盐枕，以及锁子铠、镔铁刀剑、甲胄等金属制品。其中，琉璃、水晶、玛瑙、琥珀、珊瑚、珠贝、玳瑁大都不是中原出产的东西，这些物品和它们的制品进贡到中原后，作为珍稀的奢侈品，博得了皇室和贵族极大的兴趣和喜爱。

（四）珍禽异兽

为满足皇帝对新鲜异样事物的好奇和嗜好，西北地方和西域各国不仅将当地特产的动物作为稀罕物种进贡，而且每当发现、捕获新奇的动物和禽类，总是不远万里运往京师，以表达自己的忠诚和友好。史书上记载西北和西域贡献的珍禽异兽有罴、狐、狸、白狼、白鹿、“猛兽”、符拔（一种动物，形似麟而无角）、大雀、牦牛、貂鼠、舞象、狮子、鹦鹉、白鹰、无峰驼、独峰驼、白驼、孔雀、文豹、海青、安息雀、白乌、赤乌、乌鹘、白鹘、鹞、麝、野马、拂菻狗、五色犬、活褥蛇、黄鹦鹉、野猪、黄雕、双头鸡，以及它们的制品：象牙、犀牙、鹿尾、鹿舌、大鸟卵（鸵鸟卵）、野马革、玄狐裘、鹿革、马策、白羽、山鸡尾、羚羊角、牦牛尾、貂皮、熊胆、獭肝等等。这些珍禽异兽，有许多是中原没有的，通过进贡而进入到了中原，不仅使皇帝和中原人民大开了眼界，而且为中原引进了新的物种。其中，有些动物经过长久的演化，已经成为了中国人民所喜爱和常见的祥瑞和文化符号，如狮、象等。

（五）蔬菜植物

从西北尤其是西域进贡来的蔬菜水果植物，不仅改进、丰富了中原的蔬菜水果植物品种，而且见证了中原人民与西北和西域各少数民族人民的传统友谊。见于史册的主要品种有：浦陶（葡萄）、苜蓿、赤柽、芍药、栀子、拒霜荠、冬柰、枇杷、夏蒜、冬笋、朱柿、千年枣、香枣、芝草、哈密瓜等。实际上，从西域进来的蔬菜瓜果还有许多，如石榴、核桃、无花果、大葱、蒜、黄瓜、胡萝卜、胡椒、胡豆、菠菜（又称为波斯菜）、西瓜等等。由于深受中原人民的喜爱，它们已经进入了寻常百姓家，成为中国人民的日常生活食品了。

（六）药材香料

西北和西域盛产各种珍贵药材，这些药材通过贡品进入中原，不仅为皇家所需要，而且通过各种渠道进入千家万户，对丰富中医药理论和药材宝库，保障和提高人民群众的健康和生活质量发挥了重要的作用。先后进贡的这方面的品种有：大秦杂香、细辛、茯苓、苁蓉、假苏、防葵、狼毒、鹿茸、椒实、雷丸、杜仲、黄恭蘖、枳实、柏脉根、白胶花、羚羊角、甘草、芍药、当归、秦艽、熊胆、金丹、玄芝、南芝、拣香、龙涎、红花、阴牙角、胡桐律、阿魏子、白龙脑、乳香、胡药、眼药、温肭脐（补药）、他鹿角、舶上五味子、蔷薇水、龟兹香药、大食瓶香、安息鸡舌香等等。

（七）编织物

包括纺织品和各种编织物。这方面的贡品有：织皮、绘物、乌丸帽、粟特火浣布、氍毹、毯、驼毛褐、鞍面毡、胡布、越诺（一种织物）、白越诺、龙须席、毡、白毡、胡锦、大食花锦、红丝吉贝、蕃锦、杂花蕃锦、驼毛褥面、龟兹花蕊布、绣丝、红丝、碧黄锦、红驼毛、金线璧衣、大食火浣布、撒马尔绒、青棱幅等等。

（八）有特殊技艺的人物

西域各国向中原进贡的不仅有各种物品，还有一些具有特殊技艺的人物，如“魔术师、侏儒、康国胡旋女子、米国胡旋女、梵僧、名医、回鹘僧”，以及这些人带来的“金佛、梵觉经、贝多叶经”等。

当然，以上所列，仅见于各朝代官方史书所记载的，没有载入史书的贡品还有许多。这些贡品，虽然在官方史书中没有记述，但在历代贡品中却非常著名，并在地方的贡品中占有相当的比重。如青海的冬虫夏草和宁夏的枸杞等。

冬虫夏草被誉为“雪域仙草”，它生长在我国西部青藏高原，海拔4800~5200米无污染的高山草地上，是一种虫和草的独特复合体，为传统的名贵滋补中药材，有调节免疫系统功能、增强体质等多种功效。因而很早以来，冬虫夏草就和参茸等滋补品进贡宫廷，作为皇宫和达官贵族的专享，并成为皇室送礼赏赠之物。

关于冬虫夏草，青海民间有许多神奇的传说故事。传说，唐朝的武则天晚年体衰多病，什么药都用过了，仍然是一日重于一日。她的御厨见此十分焦急，想起家乡的冬虫夏草很滋补身体，有返老还童之效。为此，他经过多方钻研，做了一道冬虫夏草全鸭汤给武则天吃。吃了一个多月后，武则天的身体果然好起来。从此，这道冬虫夏草全鸭汤成了御膳房的一道名菜，冬虫夏草也成了宫廷必不可少的贡品。

还有一则传说，说是清朝的乾隆皇帝五十多岁时，常感身体不适，经常头晕腰疼。有一天，和坤给他带来一名民间郎中，郎中把脉后给他开了一道方子，其中重要的一味药材就是冬虫夏草。乾隆帝照方连续服用两个月后，不但症状消失得无影无踪，而且精力大增。乾隆帝得知冬虫夏草有如此好处，便让臣下经常进贡，他终身服用，成为中国历史上最长寿的皇帝之一。

宁夏的枸杞子也是宫廷十分欢迎的贡品。枸杞，俗称“明目子”，是中药里的珍品。明朝著名的药学家李时珍曾对枸杞作过深入研究，其医学巨著《本草纲目》明确记载宁夏枸杞浑身是宝，四季可用：“春采叶，名天精草；夏采花，名长生草；秋采子，名枸杞籽；冬采根，名地骨皮，收实无弃物。”《本草纲目》还详细讲述了枸杞的药用价值：有滋补肝肾，明目，益面色，长肌肉，坚筋骨之功效。久服有延年益寿，延缓衰老之效果，还可以治肝肾阴亏、腰膝酸软、头晕、目眩、目昏多泪和消渴等症。因此，它历来是地方官府常年向朝廷进贡的重要贡品。明《弘治宁夏新志》有枸杞子作为“贡品”的记载。

关于枸杞，宁夏民间也有一则有趣的传说：传说康熙皇帝微服访宁夏的时候，路过一户门口，见一位满头乌发的年轻妇女在打一位白发苍苍的老人。他十分气愤，便上前呵斥那位妇女不孝，竟然殴打长者。不料那位妇女却说，我打的是我的儿子，就打他个不听话。我让他吃枸杞子，他就是不吃，你看都老成这样了，难道不该打！康熙皇帝看到这位女子这样年轻，十分惊讶佩服，不仅原谅了她的行为，而且从此也养成了长年服用枸杞的习惯。

宁夏的羊羔酒也是清朝皇帝喜爱的贡物。《本草纲目》载：“羊羔酒，大补元气，健脾胃，益腰肾。”据清廷内务府档案载，1723年，雍正皇帝亲笔御批给陕甘总督年羹尧一道密札：“……宁夏出一种羊羔酒，当年有人进过，今有二十年停其不进了，朕甚爱饮他，寻些送来，不必多进，不足用时再发旨意，不要过百瓶，特密谕。”皇帝有此密旨，臣下自然要全力贡献了。因而，宁夏灵武所出的羊羔酒，也是当时皇帝十分喜爱的贡品。

三、西北贡品的历史价值和文化意义

西北和西域输送的贡品，在中国贡品的历史演进中发挥着特殊的作用，在中国贡品的宝库中占有重要的位置，是中国贡品文化的一道灿烂的风景。

（一）西北贡品大大丰富了中国贡品的历史宝库

在我国历代琳琅满目、美不胜收的各类贡品中，西北和西域输送的贡品，无论在数量和质量上，始终占有重要的分量和位置，一度曾经居于首位。在中国贡品文化的历史长河中，西北方向，始终是一条源源不断、永不枯竭的主流。由于西北和西域输送的贡品，有许多是中原地区过去闻所未闻、见所未见的新鲜物种，汗血宝马、珍禽奇兽、别样果蔬、珍宝饰品、香料药材、胡地乐器、西域歌舞、异域人物等等，这大大丰富了中原地区的物质生活和精神生活。并且由于这些贡品除皇室享用外，往往还被分赐给王公大臣。皇室和贵族们对外来的新鲜物品的消费形成了一种时尚，逐渐影响到了全社会，不但使这些贡品通过各种渠道进入到社会各个阶层中，进入到寻常百姓家，从而在中原大地上生根、开花、结果，使中原增添了许多过去所没有的新的物种，更提高了中原地区人民的生活质量和水平。同时由于这些物品的使用和流行，有力地影响了社会风气，使中原人民开阔了眼界，增强了对域外及域外新鲜事物的认识和兴趣，求新、求异、求特，从而有力地影响到了自己的文化观念和进步历程。特别值得提出的是，由于这些贡品的持续进贡，皇帝的特别要求和挑剔眼光，地方的严格把关和精心督造，也使西北地区形成了一大批过去专为皇家服务，现在却走入千家万户的名优特产品，这对于促进西北乃至于全国的商品经济和商品文化，都是一个有力的推动。

（二）西北和西域输送的贡品，有力地促进了中外交通和中外人民的友好往来

西北的长安，是著名的丝绸之路的起点和终点。在这条贯穿西北，通向西域和西方各国的大道上，各地和各国向中原王朝进贡的车马络绎不绝，各种向朝廷进贡的物品川流不息。而在各国进贡的使臣中，有不少是商人，有的则带了大批商人。他们在奉自己国王的命令，向中原皇帝进贡的同时，也乘机做些生意。有些本来就是想通过朝贡，而获得中原皇帝的特许，以更好地展开自己的商务。所以，通过这种进贡活动，使这条商路更加繁荣，更加畅通。而皇帝为了酬答那些进贡的部族和国王，也会回赠礼物回去。因此，他们彼此会对这条商路重加保护，以使进贡之路和商品流通之路畅通。所以，可以说，正是因于进贡的活动，有力地促进了西北和中原、中原和西域、西域到西方的交通和人民的友好往来。另外，还需要指出的是，早在丝绸之路开通以前，由于中原对昆仑和田玉的需求，事实上从西域到中原之间就有一条玉石之路。西王母和周穆王的故事也说明了这一点。正是这条由于贡献玉石而开通的玉石之路，成为了著名的丝绸之路的前身。玉石之路的开通，促进了丝绸之路的开通；丝绸之路的开通，更促进了贡品经济、贡品文化的繁荣。

（三）西北贡品和西域的贡献活动，对中国文化和艺术的发展做出了重大贡献

从西北和西域贡献来的尽管大多是物品，但它们承载着很多的文化含量和信息。何况，伴随着这些贡品进来的，还有西域乃至于西方的各种人士。他们进入中原，自然会将自己本国、本地的文化带入进来。这些文化信息进入中原后，不能不对中原地区的文化产生巨大而深刻的影响。例如，从西域进贡来的“梵僧、胡僧、回鹘僧”，以及“金佛、佛牙、梵觉经、贝多叶经”，就对佛教等宗教传入中原产生了巨大的影响和推动作用。

再如，从西域进贡到中原的玉石，由于中国人民对于玉的爱好，由于它的优异品质，而成为中国人文精神的象征。古人把玉比作人，又把人比作玉。在周朝，玉成为政治生活的一部分，不论祭祀、礼仪，还是朝见皇帝，都有一套完整的规定。《周礼》规定：“玉作六器，以礼天地四方，以苍璧礼天，以黄琮礼地，以青珪礼东方，以赤璋礼南方，以白琥礼西方，以玄璜礼北方。”在宗教方面，用玉制作礼器，用于祭祀和重大的仪式。在政治方面，玉作为王权的象征，王公贵族身份的标识，财富的体现。《周礼》还规定，君王以玉召见公侯大臣，公侯大臣以玉事君王。不同官爵用玉的等级不同，具体体现在印玺、礼制、丧葬、配饰等等规定，以显示人们的身份。

中国古代的思想家、教育家孔子更是将玉赋予人格化，《礼记》记录孔子的话说：“古之君子必佩玉……君子无故，玉不去身，君子与玉比德焉。”他还认为玉有“十德”：“温润而泽，仁也；缜密而栗，知也；廉而不刿，义也；垂之如坠，礼也；叩之其声，清越以长，其终诎然，乐也；瑕不掩瑜，瑜不掩瑕，忠也；孚尹旁达，信也；气如白虹，天也；精神见于山川，地也；圭璋特达，德也；天下莫不贵者，道也。”玉的道德化、宗教化、政治化，为人们爱玉、崇玉、敬玉提供了精神支柱。在中国几千年的历史文化中，没有哪种器物能够像玉器一样可以作为中华民族精神品格的象征，玉文化也成了中华文化一种特有的代表性的文化。

从西北通过贡献进入中原的西域的歌舞艺术，则直接推动了中国音乐舞蹈艺术的发展，丰富了中国音乐舞蹈艺术的语汇和风格。尤其是在隋唐时期，通过西域诸国进献

"胡旋女""胡旋女子"等歌舞艺人形式，使西域的歌舞艺术进入到了中原。当时，宫廷上下对于西域的歌舞极其喜爱，形成了追逐、仿效的时尚。隋炀帝在隋初七部乐的基础上吸收了西域的音乐形成了九部乐。隋代的九部乐风格各异，绚丽多彩，直接被唐朝所继承。唐初的音乐以隋代为基础，在隋朝九部乐的基础上又吸收了大量西域和民间音乐文化的内容，从而形成了唐代的宫廷燕乐。太宗"在贞观十六年增加高昌乐，在隋朝九部乐的基础上形成了十部乐"。十部乐为：清商，西凉，龟兹，天竺，康国，疏勒，安国，高丽，燕乐，高昌。它们除清商、燕乐、高丽乐外，大部分都是西域音乐。而从太宗贞观时到唐末，唐代流行的西域乐以龟兹部为最盛。贞观时太常乐工裴神符擅长《火凤》曲，其中含有不少龟兹乐成分。据《唐会要》称："神符妙解琵琶。作《胜蛮奴》《火凤》《倾杯乐》三曲，声度清美，太宗深爱之。"足见当时龟兹乐在唐初之盛。虽然贞观时期的十部乐每部仍有着浓烈的地方特色，但随着唐中原文化与西域文化交流的加深，一些唐朝乐师不断学习演奏西域乐，一些西域胡人也在唐宫廷充当乐师，西域外来音乐与唐中原原有音乐不断交流，相互影响逐渐出现了二者融合之势。

随着西域音乐在唐贞观时期的盛行，用以音乐演奏的西域乐器也流行起来。太宗时演奏音乐的乐器分为"八音"，即一为金，二为石，三为土，四为革，五为丝，六为木，七为匏，八为竹。而在众多的西域乐器中以琵琶、箜篌、横笛最为常见。太宗时，太常乐工裴神符擅长琵琶。"神符又为五弦名手，始用手弹，后人习为奏琵琶。"可见西域乐器在唐太宗时的宫廷已经流行，这是因为在贞观时唐宫廷已有西域乐师的存在，而汉族乐师也大都精通西域乐器的缘故。这进一步反映了唐中原音乐文化与西域音乐文化的交流与融合。

与西域的音乐相伴，西域的舞蹈也在这时向中原地区传播开来。胡舞在唐初的宫廷已颇为盛行。龟兹乐舞更是独步西域各国。唐初龟兹乐舞在唐盛极一时，当时著名的伶工白明达就是龟兹人，"贞观时，白明达以术逾等夷，积劳积考，并至大官"。可见龟兹乐舞深受太宗喜爱，其伶工在当时的宫廷地位很高。龟兹舞在唐初宫廷的流行使民间也受其影响而成为了百姓喜爱观看的胡舞之一。唐中原舞蹈又不断吸收西域舞蹈的特点与风格，使二者达到了真正的交流与融合。

（四）西北和西域输送的贡品，有助于增强国家的凝聚力和向心力，对于稳定边疆、促进民族团结有重要意义

西北大多处于我国的边疆地区，幅员辽阔、民族众多，又是古代连通中亚、西亚以至于西方的门户，也是中西文化的碰撞交流之地，地理位置始终十分重要。如何稳固西北边陲，团结各少数民族，处理好与西域和西方国家的关系，始终是中央政府所要慎重考虑的一个重大问题。中国历史上各位有抱负、有责任感的帝王，都十分重视通过"贡品"这一重要的形式和渠道，以加强与各地、各少数民族的联系，加强彼此的相互往来和相互影响，并以此扩大中央政权的影响力和凝聚力，标志天下一统的决心和信心。因此，这种贡献，就并不单纯地是物品的交流，"进贡"和"纳贡"的关系，而具有更多的政治象征意义。而且，西北各地尤其是各少数民族向中央政府进贡后，皇帝总要本着"怀柔远人""厚往薄来"的原则给以丰厚的"回赐"，或是赐给西域所十分需要的中原的物品，如茶叶、丝绸、瓷器等，或是予以优礼慰问，使边疆部族感到关心和温暖。在

许多时候，甚至通过“止贡”“罢贡”“停贡”来体现皇帝对边民和少数民族的安抚和体恤。同时，随着这些进贡，政府也允许更多的西域、边疆少数民族人民来到内地，或经商，或求学，也有不少留居内地而做官的。这也增强了边疆与内地的认同感，增强了国家的凝聚力和向心力。因而西域各国有的就通过这种交流和来往融入中华的版图之中，有的虽然没有融合进来，但通过这种贡献和回赐、回赠的活动，也加强了彼此的友谊和友好往来。这些国家对中国的友好，不能不影响到边疆部族和人民，使边境更加安宁，各少数民族人民对中华的认同感更为增强，因而，大大有利于国家的安宁和各民族的团结和睦。这是西北贡品和贡品文化对于中华的特别贡献之处，也是西北和西域输送的贡品的特殊意义之所在。对此，我们一定要有充分的认识和高度的评价。

参考文献

①《清朝时期穆斯林的漫漫运玉之路》,读玉网 www.duyu.com .

② 向达:《唐代长安与西域文明》,河北教育出版社,2007 年。

③ 吴玉贵:《中国风俗通史·隋唐五代卷》,上海文艺出版社,2001 年。

④ 本文除注明外,均转引、参考自龚予、陈雨石、洪炯坤主编:《中国历代贡品大观》,上海社会科学院出版社,1992 年。

[载中国大众文化学会编《中国贡品文化》,2014 年印行]

少数民族影视文学的民俗表现

影视作品，是一种形象感、画面感很强的视觉艺术。由于影视艺术的这种特性，因而在少数民族影视文学和影视作品中，形象反映并着力展现少数民族人民丰富多彩、饶有情趣的风俗习惯，就不仅成为其的一大看点和独特的优势，而且往往起着关键性的作用。

少数民族影视文学的民俗表现，指的是在影视文学作品中，表现出来的反映民族的风俗习惯和与之密切相关的人文地理景观的形象画面。它是作品蕴涵并散发出的独特的民族文化气息，是一部作品所给人的第一印象。在世界上各个民族的文艺作品中，它们都是构成其浓郁特色、特别魅力的一个重要因素。我们对于一个民族的文化乃至于对这个民族的了解和热爱，有许多是从这个民族的文艺作品中那独特的、引人喜爱的民族风情和良好的民族风俗习惯所获得的。而一些少数民族影视文学作品的成功之处，也在于它们出色、动人地表现出了这个民族的美好风情和良好的风俗，使人们得到了一种独特而新鲜的审美感受。

出色地描写和表现一个民族的美好风情和风俗习惯，不仅有利于这个民族的形象塑造，而且对于消除民族间的隔阂和距离，促进民族间的相互了解，扩大民族文化交流，加强民族间的大团结，有着现实的、十分重要的意义。过去，我们影视工作者在这方面进行了卓有成效的工作,《刘三姐》《五朵金花》《阿诗玛》等作品在展现边疆少数民族人民美好形象方面至今仍给人们留下了深刻的印象。近年来创作上映的《东归英雄传》《红河谷》《尘埃落定》《帕米尔医生》《木卡姆往事》《五朵金花的儿女》《长漂壮歌》《永生羊》《绝地逢生》《努尔哈赤》《文成公主》《班禅东行》《拉萨往事》《康定情歌》《草原春来早》《吐鲁番郡王》《茶马古道》《木府风云》《美丽家园》《吐鲁番情歌》等作品，也在这方面有出色的表现，受到了广大观众的热烈欢迎。

回族的影视剧创作，一直是一个比较薄弱的环节，作品也比较匮乏。20 世纪 60 年代创作、映出的电影《马本斋》，成功地塑造了民族英雄马本斋的感人形象，热情讴歌了回族人民的爱国主义精神，在全国产生了很大的反响。但此后，就鲜见回族题材的作品了。1978 年宁夏回族自治区成立二十周年大庆时，有关方面曾倾力打造了一部回族题材的电影《六盘山》，但因这部作品严重地违背了回族群众的风俗习惯，因而放映时遭到了回族群众的强烈抵制。自治区三十周年大庆时，宁夏和有关方面合作又创作摄制了一部电影，但因过于渲染回族地区的愚昧落后，同样以失败告终。此后，虽有一些回族题材的影视剧和影视剧本问世，但因在回族人民的风俗习惯上存在一些不当描写，因而大多没能与观众见面，有的虽然映出了，但也没有什么影响。

由于这些前车之辙，大家心有余悸，再加上后来一再发生的污蔑回族风俗习惯的事件，因而，回族题材的创作似乎成为了一个禁区，大家都面有难色而望而却步。但是，近几年来，回族影视剧创作却获得了可喜的收获，出现了《民族英雄马本斋》《同心》《血战千顷洼》《伊犁河》等影视剧和《京剧大师马连良》《使者》《左宝贵》等优秀剧作。特别是作为一种新型的影视形式，回族微电影异军突起，先后出现了《清水里的刀子》《沙枣》《早年》《今年开春》《少年》《一夜梨花》《哈三的奇异之旅》等作品。这些作品的创作者和拍摄者都是年轻人，体现了回族青年人新的创造和担当。而且他们基本采用的是民间性质的运作方式，这样就更接地气，更能贴近回族人民的思想情感和审美要求。这些作品，深入边远地区，深入挖掘和表现了回族人民的日常生活和他们的精神世界，精彩地反映了回族地区的民族风情和回族人民的风俗习惯，具有纯正而醇厚的“回回味”。如《一夜梨花》中，当寻找故乡的回族青年来到爷爷小时生活的家乡，仅凭和一个小女孩竖起食指的“伊玛尼”动作，就获得了信任，从而找到了“清真巷”，找到了老家的亲人。这一情节，不但充满了童年的乐趣，而且对回族特殊的风俗习惯有了形象而真切的展示。而当这位回族青年跟随老阿訇给逝去的先人上坟时，在苍凉的墓地，几抔黄土面前，老阿訇那悲悯的诵经声响起时，不仅画面中的角色人物脱离了剧本，发自内心地泪流满面，跟随着诵念了起来，银幕外的观众也情不自禁地流下了热泪，从而深深地沉浸在特定的民族文化的情境之中。当这些作品在全国回族地区巡展时，受到各地回族群众热烈的欢迎和好评是理所当然的。

这些作品的成功，说明一部影视文学作品表现好少数民族人民的风俗习惯，对于这部作品来说有着至关重要的作用。因而，我们少数民族的影视文学作品必须高度重视、正确处理好民族的风俗习惯的表现。

如何正确处理、动人展现少数民族人民的风俗习惯呢？我认为，首先，要熟悉、了解少数民族人民的文化，理解、尊重少数民族人民的感情。

所谓风俗，指的是在一定文化长期熏陶下、一定社会文化区域内历代相袭的人们共同遵守的行为模式和生活习惯。从其形态上看，风俗作为一种非正式的社会规范系统，常常具体化为各种礼仪和禁忌，渗透于人们的日常活动和心理深处之中，使人们的生活呈现为浓郁的群体特征来。而民族风俗则是一个民族历史文化传统和心理素质的具体表现，包含有风土人情、道德观念、宗教信仰、节庆礼仪、服饰饮食、行为方式、歌舞娱乐、建筑雕塑等多方面的内容，是民族文化和民族个性色彩长期历史发展的结果，也是民族识别的重要特征。它虽在民族心理素质方面处于直观、表层的地位，但却往往集中、深刻地反映了一个民族最本质的东西，甚至是反映了一个民族最稳定、最敏感、最隐秘的东西。从文化学的观点来看，这些是属于社会的潜文化与隐文化的层次，反映了一个民族最深沉的文化心理，具有顽强的保守性，有时最能反映一个民族的特征和面貌。因而，它们作为民族文学和艺术创作中的有机组成部分是不可缺少的，并不是无足轻重、可有可无的“点缀”。别林斯基就认为：习俗在每一个民族的差别性之间起着重要的作用，构成民族显著的特征。一个民族的习俗对于该民族是至关重要的，因为没有它们，“这民族就好比是一个没有脸的人物，一种不可思议、不可实现的幻想”。他还说，“习俗是一种神圣的、不可侵犯的除环境和文化进步之外不屈服于任何权力的东西！”他甚至认为，社会的本质，“不是单由服饰和发式构成的，而且也是由风俗、习惯、概念、关系等构成的”；一个民族对事物的看法，是“通过习惯和生活方式取得的”。“每个民族都有两种哲理：一类是学究式的、书本的、郑重其事的、节庆才有的；另一类是日常的、家庭的、习见的。这两种哲理通常在某种程度上彼此接近；只要谁想描写一个社会，他就必须认识这两种哲理，尤其是必须研究后一种。”所以，民族风情和习俗，不仅集中反映了少数民族人民的文化，而且寄托体现着少数民族人民的情感，在少数民族文学和艺术创作中的作用是不容忽视的。因此，我们少数民族影视作品，要很好地表现少数民族人民的社会生活、塑造少数民族的典型性格，就一定要很好地学习并熟悉掌握少数民族人民的文化和与之密切相关的风俗习惯，尊重少数民族人民的思想情感，要善于“入乡问俗”，要有“自家人”的立场和心态，在思想情感上和少数民族人民息息相通，这样才不会出错。

还有我们不少影视作品中存在着的“伪民俗”的东西，也是其作者和摄制者不认真学习少数民族人民的文化，凭一知半解和想当然而胡编乱造的结果。如：电影《六盘山》的失败，就是作者和摄制者对少数民族文化缺乏起码的了解和尊重，无中生有地安插了回族宗教人士喝酒和以活人殉葬等情节，而激起回族观众强烈愤怒的。

其次，要从生活的真实出发，注意观察并表现好细节。经常有人抱怨少数民族题材的作品不好写、不好拍，特别是回族不好写，回族题材不好把握，描写反映回族的风俗习惯容易出麻烦。其实，这些人都犯了浅尝辄止、以偏概全的错误。民族风俗既然关系到一个民族的“脸面”，因而，哪怕它是一个很小的细节，我们都不应该马虎，都应该认真、慎重地处理好。为此，必须要大力观察并注意细节。因为，人们的许多行为都是通过日常小事表现出来的。最孤立的细小行为，彼此之间也有某些系统性的联系。我们如若在表现民族风俗习惯时，马马虎虎，大而化之，甚至于“想象大于现实”，则很有可能出错。电影《回民支队》为何经久不衰，就在于其中诸多细节在民俗表现上是极为扎实的，如战士因嫌牛肉不是阿訇宰的而不吃，回民支队专门配备阿訇等，都是民俗方面的经典案例。而一些影视作品，在民族的风俗习惯上出错，也是错在细节上。如：有的作品在表现回族人民面对生活的苦难和不公时，出现了埋怨“胡大”的言语，这是很不恰当的。回族人民对于自己的信仰是很虔诚的，即使面临灾祸，也能正面应对，至多不过认为是自己命中的“败俩”（灾祸），无论在什么情况下，回族劳动人民都是不可能埋怨自己信仰的主宰的。出现这样的言语，不但是不符合回族人民风俗习惯的，而且也是有损回族人民感情的。再如：有个电视剧本，描写开斋节的夜晚，却是“一轮晶莹的月亮”，这是明显与生活不符的。因为回族和其他信仰伊斯兰教的人们，是望见新月开斋。故回族理论家李佩伦说“望到的一弯新月，写成了‘一轮晶莹的月亮’，足见作者对于伊斯兰斋月的无知”。还有的影视作品，将落后的习惯，甚至是自己臆造的东西当作少数民族人民的风俗而津津乐道，以达到猎奇的目的。如有个电视剧，为了表现作品中的主人公是回族，使他跑到哪儿，都随身背着个汤瓶。有的电视剧为了表现回族人民的封建落后，在描写回族妇女生病打针时，为了怕外人看见自己的身体，竟在裤子上剪个小洞。而这些“封建”的妇女，在月夜里却在河水中集体裸浴。这样的表现固然很新奇，但却严重脱离了生活的真实，违背了回族人民的风俗习惯，因而刚一映出，就受到了回族人民的反对。

再其次，要有发展比较的眼光和态度。美国著名人类学家鲁思·本尼迪克特指出：“各民族关于自己思想和行动的说法是不能完全指靠的。每个民族的作家都努力描述他们的民族，但这并不容易。任何民族在观察生活时所使用的镜片都不同于其他民族使用的。”在这种思维惯性的影响下，我们少数民族作家，在表现民族生活、民族的风俗习惯时，总是愿意将民族的一切都说是好的，甚至于不愿意将其中落后的一些东西剔除出来，这又走向了自己的反面。一个民族的文学只是一味地颂扬，没有一点反思、质疑的话，这个民族的文学是没有多大分量和深度的。

同时，我们还要警惕另外一种倾向。最近，作家阿来就谈到，我们在创作、表现少数民族题材时，会有意无意地受到“东方主义”文学观念的影响。即表现边疆少数民族人民生活时，很少按照它本来的样子去书写，总是喜欢按照别人所期望的、想象的那样来书写、来表现。因而，出于“猎奇”和“偏见”，塑造少数民族人物性格时，总是落入概念化的窠臼，跳不出“剽悍”“粗犷”“淳朴”“憨厚”的类型，有些甚至是傻大黑粗，头脑简单，野蛮粗暴，不讲道理，一说就暴，一吵就跳；表现少数民族人民生活时，总是有意寻觅，竭力渲染他们的“愚昧落后”“异风怪俗”。他们已经习惯于城市把乡村、内地把边疆构建成他们生活的反义词。这是十分危险的，只会造成广大观众对民族生活的误读。

为此，我们必须要站得高一些，既要深入其中，又要跳出其外，保持一种客观、冷静的创作态度。风俗涉及的范围很广，一个民族、一个社会群体，在生产、生活的各个方面，都通行着特定的习俗规范。它是千百年来人们累积的文化沉淀，既有其稳定的一面，又有其保守性的一面，甚至还有落后性的一面。因此，我们在表现民族风情和民族风俗习惯时，要以一种全球化的思维来思考少数民族题材的民族性和世界性问题。必须要有发展、比较的眼光，对其进行历史的、实事求是的分析和抉择。对于那些能够表现民族的美好风貌，有利于弘扬民族传统优秀文化，促进民族团结 、进步的风俗，应该充分描写并热情歌颂。对于那些反映过去时代和少数民族人民日常生活、行为方式，在今天有益无害的风习，应该做客观、准确的描写，以增强作品的认识价值。对今天看来已经明显落后，对民族的现实生活有害的风习，则应持慎重、否定、批判的态度。这不是实用主义的方法，而是从根本上符合民族风俗习惯的主流精神的。

在表现民族风俗习惯时还应注意，不仅要“各美其美”，还要“美人之美”。即“引导在封闭式小庭院里培养出来的各美其美的文化观逐步开放，进入美人之美的文化观，来削弱以至消灭原有的文化排他性，为多元一体的格局奠定和平共处的意识基础”。因此，我们在歌颂、表现自己民族的美好风俗时，不要诋毁、污蔑别民族的习俗，甚至是与自己对立的习俗。应该看到，各民族的风俗习惯各有其历史的合理性，都为各民族人民保持并热爱，只要我们采取了尊重别人的态度，才会获得别人尊敬的回报。

少数民族文化大多有着深厚的宗教色彩，作为回族来说，与伊斯兰教的联系更为紧密。正确深入地反映回族生活，势必要反映到宗教，这是弘扬社会正能量、正确表述民族心灵的必要载体，特别是当下的舆论环境更应该倡导主动、正面地去反映民族和宗教题材，这样方能促进各民族、各文化之间的彼此了解、尊敬和认同。因此，我们希望有更多出色反映回族生活题材的作品，希望在银幕、荧屏上能够欣赏到更多表现少数民族人民丰富多彩生活的佳作！

参考文献

①《别林斯基选集》第1卷,上海译文出版社,1958年。
②《别林斯基论文学》,新文艺出版社,1958年。
③《绿野沉思》,山西古籍出版社,1994年。
④鲁思·本尼迪克特:《菊与刀》,商务印书馆1992年。
⑤费孝通:《人文类型·译者的话》,商务印书馆,1991年。

[原载《中国梦的多民族影视文学呈现》，作家出版社，2015年]

随感四题

激情与桥

一位剧作家在介绍自己的创作经验时说："把生活变成剧本，要有一个过渡，这个过渡的'桥'，是激情。激情好比是火，可以把生活的素材点燃。"这话是很有道理的。在日常生活中，人们从此岸到彼岸，没有桥是不行的。在文艺创作中，要写出一部真正感人的作品，离开了激情，也是难以想象的。

首先，创作始于激情。文艺创作与科学研究不同，它是一种感情的艺术。从某种意义上说：没有激情，也就没有创作。作家在深入生活的过程中，只有当生活中的那些动人心魄的东西闯入了作家的心灵深处，打动了他的情感，使他产生了一种抑制不住的创作激情，如鲠在喉，不吐不快，作家才提起笔来，把它表现出来，诉诸更多的人。反之，感情淡漠，无动于衷，是无法进行创作的。即使勉强动笔，不是写不成，便是写不好。我国著名的剧作家曹禺就说过，他之所以要写作《雷雨》《日出》，完全是一种"情感的需要"，是情感的发酵。

其次，没有激情，也不可能张开艺术想象的翅膀，进行完整的艺术构思。文艺创作是一系列形象思维的过程，而这一系列形象思维的过程，总是伴随着感情的激荡进行的。特别是艺术的想象，更是离不开激情。只有当激情的火焰熊熊燃烧的时候，想象才能迅速地升腾起来，在无边际的时间与空间里自由地翱翔。因此，在具体的创作过程中，当作家面对自己所收集的丰富的生活素材进行艺术构思时，不但要经过由个别到一般、由现象到本质的艺术的综合、提炼工作；而且随着作家对生活素材分析、理解的深入，对自己的表现对象认识的逐渐明晰，必然会进入一个作家创作情绪的高度紧张、兴奋的时期。这时，作家"寂然凝虑，思接千载，悄焉动容，视通万里"，创作激情达到了高潮，艺术的创造力，想象力也达到了高潮。正如英国文学家莎士比亚所形容的："诗人的眼睛，在美妙地疯狂似地回旋，/瞥视着自天边到地上，自地上到天边，/当想象体现着未知之物的模样，/诗人的笔便赋予它以形状/并给这空灵的无物/以名字和居住的地方。"

在这样的情况下，作家激情的火把，便会把生活的火花点燃起来，使一个个奇妙的想象接踵而至，使生活仓库中的所有东西被调动了起来，被联系了起来，向着作家所要努力的方向聚拢过去，帮助作家完成艺术的构思。

岂止如此，激情的火花，还会把作家笔下的人物照亮，使他们一个个活动了起来。

话剧《丹心谱》的作者苏叔阳同志谈到这种体会时就说：“我有时会忘记我笔下的人物全属子虚乌有，我把他们看成我的师友，我和他们同呼吸共命运，和他们一道欢欣，一道思考，一道流下激动和痛苦的泪水。我常常自己扮演各个角色在小屋子里和自己争吵、辩论，我不知道别人怎样写作，我自己是全身心融化在戏中的。”俄国作家屠格涅夫在谈到这种情况时也说：“你感觉在你身旁有谁站着，和你一同走着——就是这样，一个活人形成了。”通过激情、想象，作家与形象联系了起来，他着了迷似的与自己笔下的人物“生活在一起”，如醉如痴地与他们倾心交谈，把他们看成自己“熟识的老友”，为他们之忧而忧，为他们之喜而喜，在想象中体验着他们的感情。正是经历了这个阶段，“情瞳胧而弥鲜，物昭晰而互进”，作家才能够缩短自己与表达对象之间的距离，使原来是模糊的、零碎的、不成熟的形象逐渐明晰、完整、成熟起来，为自己进一步地修改与写作打下良好的基础；正是经历了这样的阶段，作家才能赋予自己笔下的形象以鲜明的爱憎，使他们成为一个个有血有肉，栩栩如生，感情饱满，真正能够拨动观众心弦的艺术形象。否则，创作者本人对自己所塑造的形象都无动于衷，缺乏真情实感，又怎能期望别人为之感动，为之吸引呢？由此可见，激情不仅是完成生活与作品之间过渡的“桥”，而且是作家与观众、读者之间互相联系的“桥”了。

要产生真正的激情，使它成为由生活向创作过渡的“桥”，我们必须要对这个“桥”的“建筑材料”——生活，有鲜明、正确的爱憎。不可想象，一个作家，不热爱生活，不热爱人民，不热爱自己所生活的时代，不憎恶生活中一切丑恶的东西，就会产生出积极向上的为人民而创作的冲动，会产生出积极向上的激情？即使是他有了所谓的“激情”，不是虚假的、空洞的，便是不健康的。因此，对生活的爱憎，是激情这个“桥”的基础。而这种感情，来自于对生活的正确的观察和认识，来自于正确的世界观。我们只有在深入生活的长期过程中，真正地与人民打成一片，与人民群众的思想感情达到一致，爱他们之所爱，恨他们之所恨。这样才能产生出真正的激情，达到由生活向创作的过渡。

要产生真正的激情，使它成为由生活向创作过渡的“桥”，还要付出艰巨的劳动。在创作过程中，激情迸发的时间虽然很短，有时甚至只是短暂的刹那，但它的产生却并不像我们有些同志想象的那样简单，那样容易，那样随心所欲。郭沫若在磅礴的激情的推动下，虽仅用了七天，便写出了名剧《蔡文姬》。但可以断定，如果没有他几十年来丰富的生活积累，没有他那渊博的学识，没有他几十年来心血和情感的凝聚，没有一个长时期的酝酿，他是不会以那样快的速度，完成这部被称为“蔡文姬就是我”的作品的。而那种认为不付出艰巨劳动，单凭主观想象，便可由这座“桥”走向“捷径”的想法，只能像鲁迅先生所说的那样：“以为艺术是艺术家的‘灵感’的爆发，像鼻子发痒的人，只要打出喷嚏来就浑身舒服，一了百了的时候已经过去了。”

当然，由生活到创作，激情这座“桥”只能是其中的一个阶段，它并不能代替全部创作过程，而且每个作家都有自己独特的创作方法和习惯。但是，无论如何，激情这座“桥”总是或隐或现地发挥着作用的。我们应该认真研究作家在创作过程中的心理活动，以便更好地掌握文艺创作的特定规律，迎来艺苑群星灿烂的光辉时代。

[原载《宁夏戏剧》1979 年第 2 期]

“琢玉”与“琢文”

“和氏璧”，是《韩非子·和氏》中所讲的一个著名的故事，说是楚人卞和，得了块璞玉，先后奉献给楚厉、武、文王，前二王请玉工鉴定后，都认为是石，给他以严厉惩罚。只有文王为卞和的诚心所打动，“使玉人理其璞而得宝焉”。最近，重读了这个故事，得到了一点新启示。

“和氏璧”为什么最初不为世人所重呢？厉王、武王固然是愚蠢的，为什么玉工们也认为它是石呢？除了他们的不识货外，也因为璞玉是一种石头和玉的混合物，是玉工们没有雕琢研磨过的。只是在经过玉工精心研磨开凿之后，剔除了杂质，它才价值连城，成为稀世之宝的。由此，想到我们的文艺创作虽不同于琢玉，但某些道理却是相通的。玉不琢，不成器；文不琢，也同样不能成“器”。故古人常用“琢磨”二字，来形容对文章的磨砺和锤炼。《诗经》中也说：“如切如磋，如琢如磨。”我们应树立这种严肃、认真的创作态度。

可是，在部分作者中，却缺乏这种正确的态度。他们在创作上经受不住挫折，碰不得钉子，一部作品失败后，便心灰意懒，就此罢手，将作品弃置一旁了，这是很不应该的。

艺术贵在探索。文艺创作作为一种复杂的精神劳动，是需要有一个过程的，也是受多方面因素影响的。因而，许多作品，并不是一下就能成功。世界闻名的优秀芭蕾舞剧《天鹅湖》，第一次上演时，竟以失败而告终，只是后来又经过了艺术家们的努力，才臻于完善，成为享有世界盛名的保留剧目。受到观众热烈欢迎的大型舞剧《丝路花雨》，也是经过好几年的艰苦劳动，才取得了今天这样的成绩。所以，我们不能因一时的失败而丧气，把自己暂时未得到成功的作品当作“石”扔掉，而应当作“璞”留下来，精雕细刻，锲而不舍。“功夫不负有心人”，成功往往是多次努力的结果。

还有的同志，存在着这样一种思想：作品刚一脱稿，便认为是天衣无缝了，既听不进同志们和群众正确的批评意见，也不愿作进一步的加工修改，只要求发表和演出。这更不应该了。

虽然，对领导来说，应尽可能地为作者提供发表和演出的机会，但对作者来说，艺术是没有止境的。一部作品，基础再好，总还是有加工、提高的余地的。历史上有名的大文学家，都十分注意对其作品的修改。王安石三易其稿，为我们留下了“春风又绿江南岸”的名句。曹雪芹“披阅十载，增删五次”才写定《红楼梦》。郭沫若作为一代文宗，犹能虚心地拜普通群众为“一字师”。这些大师们的创作态度，难道不值得我们效法吗？所以，我们决不能盲目自满。应该既要多产、快产，也要注意听取旁人好的意见，不断作剔除杂质、去芜存菁的工作；既要一吐为快，也要防止艺术的浅薄、粗疏。否则，信手写来，浅尝辄止，难免会如鲁迅所说的，走向“油滑”之路。“油滑是创作的大敌”，这样写作出来的作品，即使有一定基础，但由于没能剔除杂质，也只是个半成品，充其量只能算块“璞”。

现在，大家都很关心宁夏的文艺事业。为什么宁夏已发表和演出了不少作品，但打得响的，拿得出去的，却为数不多呢？甚至有的作品，刚刚问世，便走向生命的终点呢？原因当然与我们某些领导不善于抓队伍、抓作品，不能大力扶植和支持创作，多年来满足于节日来时抓一阵，节日过后就放松的工作作风有关。但一部分责任也在作者身上。假如我们能充分发挥自己的主观能动性，有一种“语不惊人死不休”的劲头，不厌其改，必要时推翻重来，在艺术上对自己从严要求，那么，宁夏的文学艺术创作水平，是会“更上一层楼”的。

[原载《朔方》1980年第5期]

从贾政论山谈起

灯下翻阅《红楼梦》，无意中翻到这样一段：大观园造好后，贾政率领一些清客去察看，一开门，“只见一带翠障挡在面前。众清客都道：‘好山，好山！’贾政道：‘非此一山，一进园来所有之景悉入目中，更有何趣？’众人都道：‘极是。非胸中大有丘壑，焉能想到这里。’”看到这，掩卷细思，觉得这些话虽出自贾政之口，却可以说是反映了曹雪芹的美学思想。

凡到过江南园林的人，都盛赞它的美，为什么呢？因为它玲珑、俊美，讲究含蓄，常给人以“山重水复疑无路，柳暗花明又一村”的感觉。我们文艺创作也应这样，讲究艺术构思，充分揭示出事物的复杂性，人物性格的丰富性，不能平铺直叙，一览无余。

我国古典名著《红楼梦》在刻画人物方面就有这样的特长。它像一个高明的魔术师变戏法时不急着把“底”透给观众一样，也不急着露出人物的真实面目，当你一进入作品，它便从各方面伸出无数形象的触角来，把你吸住，然后逐渐把你引到它所要达到的地方去。例如贾母，这个封建末世社会缩影贾府的最高统治者，一般人刚一打开书本，谁不认为她是“慈爱可亲”的“老祖宗”呢？她在书中第一次出现，是在黛玉初进贾府的时候，她一见黛玉，未等黛玉下拜，便一把将黛玉“搂入怀中，‘心肝儿肉’叫着大哭起来”，并对黛玉“百般怜爱，寝食起居，一如宝玉”，多么的“疼爱儿孙”啊。但随着黛玉的叛逆性格的不断显露，她也逐渐撕开了笼罩在自己脸上的那层温情脉脉的面纱，露出其本来面目。她对黛玉的“心病”虽然早已“猜着了八九”，也明知一旦断送了黛玉的“想头”，就会“弄坏了她”，但仍残酷地扼杀了黛玉与宝玉的爱情，逼得黛玉口吐鲜血，奄奄一息。而在这样的情况下，人们天天三四趟去告诉贾母，“几天竟连一个人问的也没有”。作者就是这样，不特意点出贾母的坏，却先写她的“好”，最后让她以她自己的行动证明她的坏。正是通过这种方法，刻画出了贾母的真面目。

《脂砚斋重评石头记》评这种写法为“峰峦全露，又用烟云截断”，是“欲擒故纵”法。其实，这正是恩格斯所告诉我们的“倾向应当从场面和情节中自然而然地流露出来，而不应当特别把它指点出来”，“作者的见解愈隐蔽，对艺术作品来说就越好”的现实主义的写作手法。

我们应该学习这种手法，使自己的作品像橄榄那样，耐得起咀嚼，读起来余香满口，回味无穷，这样才能为广大读者所喜闻乐见。

贾政所说的大观园的这种布局，也是符合艺术辩证法的。修园子的目的是叫人看，但在园子门口又用一座山挡住，使你一下子不能穷其奥妙，这种欲露未露，对立统一的状况就会更加强烈地吊起你游览的兴趣。世界上的一切事物都是对立统一的，都是矛盾的双方共处于一个统一体内组成的。文艺创作的客观规律也是这样。无数事实已经表明，在人们的生活中，再没有比那种欲决未决、欲露未露着的矛盾的事物更引人关心的了。文艺创作只有揭示了事物的矛盾状况，揭示了人物心理或行为的矛盾状况，才会更强烈地引起读者对事物的发展结局，对人物命运的关心。如果我们一开头就知道了事情的结局和命运，“还有甚趣”？

有时候，一些有才能的艺术家，为了揭示某一事物，偏偏要强调与其对立的因素。王夫之就说过：“以乐景写哀，以哀景写乐，则倍增其哀乐。”我们看鲁迅的《祝福》，对于祥林嫂死时那“毕毕剥剥”放得正欢的鞭炮，都印象很深吧。鲁迅正是用这种强烈的对比方法，向把祥林嫂逼死的那个把富人的天堂建筑在穷人的白骨上的社会提出了更强烈的控诉。

因此，文艺创作只有遵循了这种辩证法的规律，才能符合生活的逻辑，才能使作品更加真实可信。再拿人物形象的塑造来说吧，在生活中，人们的性格是十分生动，十分丰富的，不会是那么简单的。更何况，生在阶级社会，作为“一切社会关系总和”的人，还往往有着外貌与内心、表现与本质之间的矛盾。因此，我们对人物的刻画，决不能是简单化、公式化、概念化的，应在表现出他们的阶级的共性的前提下，着重刻画他们独特的、为人意想不到的个性特征。这样，才会缩短与生活的距离。

[原载《通俗文艺家》1982 年第 4 期]

小说：想象中的现实

记得美国的一部关于小说的教科书中写道：当夜色笼罩着外边的世界，穴居人空闲下来，围火坐定时，小说便诞生了。

这话不仅形象地论述了小说的起源，而且精辟地说明了小说的特质。

是的，小说源于讲故事，它的基本特质也在于讲故事。但这个“故事”并不是凭空而来的，它既源于穴居人一天生活的经历。也源于他们个人主观上高度的渲染、虚拟、加工与想象。当穴居人狩猎归来，团团围火坐定时，语言，这时唯有语言，展开了自由飞翔的翅膀，发挥着独特、不可替代的作用。人们互相追忆讲述着经过渲染夸大了的一天狩猎生活的经历，幻想描述着明天更出色的战斗和更美好的收获，探寻解释着千奇百怪的世间万物的奥秘，编织、转述着一个个与自己的生活密切相关，又经过大胆的想象加工、改造过的故事。小说，想象中的现实，便这样自然地诞生了。

因此，可以这么说：小说，是作家将想象与现实艺术地结合的产物，也即作家的主观世界与表现对象的客观世界相结合的结果。不言而喻，在小说美学中，想象与现实是重要的两个因素。艺术离不开想象，作为讲究语言艺术的小说，尤其需要想象，舍此，便只有建筑材料而没有建筑物，便失去了小说的灵性，便没有了小说的灵魂。从某种意义上来说，一个作家、艺术家艺术创作的过程，也就是艺术想象的过程。正如歌德所说的：“每一种艺术的最高任务即在通过幻觉产生一个更高真实的假象。”

当然，想象，在一个作家的创作过程中，是骚动不宁甚至是相互矛盾的，它的活跃程度和驾驭它的能力如何，不仅直接影响到作品创作的成功与否，而且决定了作家的创作风格。

而现实，则是小说创作的依托和基础。古今中外成功的文学作品无不证明了，小说源于生活的现实，基于生活的现实，它是运行的生活现实的形象反映，是人生现实的虚拟化的演出，是我们自我生活现实的一种扩展。这也正是小说艺术具有最广泛的打动人心的魅力之所在。米兰·昆德拉指出：小说“时时刻刻伴随着人。‘认识的激情’攫住人，使他去探索人的具体的生活，保护它，抵抗‘存在的被遗忘’；把‘生活的世界’置于永恒的光芒下。从这个意义上讲，我很理解和赞同海尔曼·布洛赫的固执的重复：发现只有小说才能发现的，这是小说的存在的唯一理由。没有发现过去始终未知的一部分存在的小说是不道德的。认识是小说的唯一道德”。米兰·昆德拉从小说与人、小说与现实的密切联系出发，认为发现、认识“只有小说才能发现的”现实存在是小说存在的唯一理由和唯一道德。这种论述，对于我们应该是大有启发的。

需要强调指出的是，在小说艺术中，想象与现实这两者之间并不是平行存在、互不关联的，而是水乳交融、相互依存、互为前提的。想象，是对生活现实的概括、虚拟、幻化，是对生活现象由表层到里层、由无序到有序、由无机到有机的发掘、提炼和升华，是源于生活又高于生活，渗透着作家、艺术家浓烈主观色彩和情感投射的一种艺术创造活动，并不是空穴来风、主观臆造的东西。而现实，是经过想象加工过的现实，是经过艺术家的艺术灵性之光照射过的现实，是经过高度概括、虚拟、幻化，蕴涵着作家浓烈的激情和理想色彩的，更加典型、更加接近艺术理想的生活类型。因此，小说中的现实，乃是想象中的现实，是艺术家创造出来的艺术化了的现实。正是这种有机的结合，使小说这个最受人们欢迎的文学形式，呈现出了它的最大特点，也即是它的最大长处，可以去描写任何形态的人生，表现任何类型的人生理想，最广泛、全面、深刻、细微、动情地描绘生活现实和人类情感。

由此，小说，想象中的现实，这个命题告诉了我们，作为一个小说作者，一方面要有严肃、正确的人生态度，深入生活的实际，体验时代的脉搏，广泛地搜集生活素材，真实、大胆地反映、表现生活。另一方面，要充分地开发自己的主观世界，充分地调动起自己的意识、潜意识、无意识，最大限度地发挥自己的想象力和创造力，从而写出富有才华的、具有自己鲜明个性的作品来。

近年来，小说家们对于小说艺术的特质有了更清醒的认识和准确的把握。尽管他们表现出来的创作风格多种多样，但都能充分发挥小说艺术的特长，并涌现出了一大批可喜的成果。但对一些作家，特别是青年作家来说，则还存在着一些值得思考、讨论的问题。一是在美学观上，忽略了小说艺术的要旨，或是脱离现实，单纯追求艺术表现形式上的实验、探索和个人情感的宣泄；或是放弃了小说表现的特长，一味自然主义地描写个人杯水风波、身边琐事。这些虽都能新鲜一时，但却不会有持久的艺术魅力的。二是在道德观上，忽视了小说的教化作用和作家的神圣职责，在对现实生活现象的把握、表现、评价时，过于注重表现邪恶、非道德化的事物和人物，并对这些流露出欣赏、理解、同情的态度，这样下去，会产生不良的社会效果，必然会违背小说艺术的根本宗旨。三是在历史观上，背离了马克思主义的辩证唯物主义的历史观，而流露出了一种错误的观点和倾向。如，有些小说，在表现过去的历史时，在表现中国农民推翻封建的土地所有制的革命斗争时，对被推翻的阶级、人物有意无意地流露出同情、美化的态度，而对于农民人物，却予以丑化和贬低，这不仅影响了小说反映现实的真实、准确，而且曲解了历史，应当引起我们的警觉和注意。

所以，小说家的艺术想象和艺术表现，不是天马行空、随心所欲、自由不羁的。它既受客观的生活现实的触发和影响，也受作家政治素养、道德观念的制约，是作家在长期的生活实践和艺术实践中，累积和沉淀下来的自觉的创作意识及逐渐构成的独特审美理想和审美趣味。这种自觉的创作意识和独特的审美理想、审美趣味，在创作中必然要转为具体的艺术追求和创作意图，从而发挥着某种导向作用。作为一个小说家来说，掌握正确的思想方法，了解小说创作的特征，这对于提高自己的创作水平无疑是十分重要的。

参考文献

①《西方古典作家谈文艺创作》,春风文艺出版社,1980年。

②《小说的艺术》,三联书店,1992年。

[原载《朔方》1995年第3期]

序跋十五题

《宁夏摄影艺术论丛》序：瞬间的永恒

宁夏摄影家协会在致力于推动摄影艺术创作的同时，也富有成效地抓了摄影艺术的理论工作，这部《宁夏摄影艺术论丛》就是他们在这方面的突出成果。摄影自16世纪传入我国以来，一直是忠实地反映现实生活、艺术地表现人们审美情感的得力工具。然而，摄影艺术看似容易，实则要求很高。它不仅仅是直观地反映面前的客观世界，而是一门综合的艺术。在丰富多彩、五光十色的大千世界面前，摄影者不光是会按动快门就行了，他必须要有不同于他人的审美发现，捕捉到特别的审美感受，灌注进去自己饱满的主观情感，表现出自己不同凡响的艺术追求。因此，摄影不是匠人的手艺，而是一个要求很高的审美过程。要想超越匠艺，成为一名优秀的摄影家，没有成熟的理论做指导，没有一定程度的文化作基础，这几乎是不可能的。

而《宁夏摄影艺术论丛》的意义正在于此。它的出版，有力地告诉了我们宁夏摄影家艺术上的成熟，宁夏的摄影艺术家们从“自在”到“自觉”的发展。这部论丛中的文章，都是宁夏目前比较活跃的摄影家艺术经验的总结。它们有的对摄影的艺术规律进行了深入探讨，有的对宁夏摄影艺术的发展作了认真的研究，有的对摄影家的基本素质进行了艺术的阐述，有的对摄影美学的问题发表了自己的看法。从中我们不仅看到了宁夏摄影家理性的美学追求，而且看到了宁夏摄影家整体的理论素质，看到了宁夏摄影家在艺术道路上不倦的身影。

现在，随着人们生活水平的不断提高，从事摄影的人越来越多，对摄影艺术的追求也越来越吸引着人们。这部书的出版，应该说是一个好的起点。但是艺无止境，在艺术的道路上永远没有终点。希望借这一良好的开端，能够在宁夏艺术界形成一个很好的钻研艺术理论的风气，使我们能够创作出更多思想上成熟、艺术上精良的反映我们伟大时代的好作品来。

[《宁夏摄影艺术论丛》，宁夏人民出版社，2001年]

《回族舞蹈艺术论集》序：迎接回族舞蹈艺术的春天

舞蹈，大概是人类起源最早的艺术形式了。舞蹈的节奏，正合乎了人心脏跳动的律动。这说明，舞蹈源于人的生命，自有人类生命以来，就有了反映生命艺术的舞蹈。

舞蹈艺术自起源以来，作为一种生命的艺术，不仅与人的生活息息相关，而且在人类艺术中占有重要的位置。在今天的社会里，它以形式多样、绚丽缤纷的形态活跃在人们的生活中。但是，作为回民族的舞蹈艺术来说，则发展得比较慢，不那么尽如人意。这当然不是说回族没有舞蹈。在古代的各种各样的文献中，我们可以看到回族先民舞蹈生活的生动记载；这也不是说今天的艺术舞台上没有回族舞蹈。从中华人民共和国成立以来，回族舞蹈争奇斗艳，还是吸引、征服了不少观众的。说它发展得不尽如人意，是说它的发展，比起其他的一些兄弟民族来，是显得相对薄弱，比起回民族的民族地位来，是明显不那么相称。作为有着悠久文明和灿烂文化的回民族，自己的舞蹈艺术为什么发展落后呢？原因当然是多方面的。在这里，探讨回族舞蹈落后的原因，可能是一个相当有意思的话题，但宁夏的艺术家们认为，更有意义的，是应当探讨回族的舞蹈如何发展上去。正是基于这样的想法，2004年夏天，在中国舞蹈家协会的热情帮助下，在宁夏党委宣传部的积极支持下，由宁夏舞蹈家协会发起、组织，全国回族舞蹈的工作者以及爱好者会聚于银川，举行了全国首届回族舞蹈理论研讨会。参加会议的，有德高望重的著名舞蹈家贾作光、白淑湘等，还有许多舞坛的后起之秀；既有活跃在舞台上的舞蹈演员、从事舞蹈研究和教学的专业工作者，又有生活在基层、对回族文化和回族艺术比较熟悉的实际工作者。大家集思广益，畅所欲言，从不同的角度、不同的方面，对回族舞蹈的发展提出了许多珍贵的建设性的意见。为了使这些真知灼见能真正发挥作用，宁夏舞蹈家协会除在理论和实践的结合上下工夫，积极筹备全国回族舞蹈调演外，还将这些意见编纂成集，正式出版，并嘱我作序。我虽非舞蹈专业人士，对舞蹈除喜欢外平时也缺乏研究，但我还是欣然接受了。

我想，一个民族有一个民族的艺术。民族艺术，是一个民族心灵的花朵和果实。回民族的舞蹈艺术过去之所以相对落后，有的认为是回族文化的原因，有的认为是民族性格的原因，有的则归咎于宗教。我认为，这些都是不准确的，至少是不完全的。民族艺术的发展，只能从这个民族的艺术所赖以生存的深层原因去寻找，只能从这个民族所处的内部社会原因和外部的生存条件去寻找。也就是说，要从这个民族社会的政治和经济原因去寻找。回民族解放前在政治上的极致被压迫和经济上的极度贫困，是没有条件发展自己的民族艺术的。解放后，中国各少数民族在伟大的中国共产党的英明领导下，不但在政治上得到了翻身，在经济上有了很大的跃进，在文化艺术上也得到了长足的发展。如果我们细心地去探寻，许多民族的舞蹈艺术，包括一些大的民族的舞蹈艺术，实际上是在这个时期走向全国的。在这次研讨会上，著名舞蹈家贾作光就讲了这个道理。但是历史的机遇却与回族失之交臂。在那时的回族自治区，在“左”的不正常的政治环境下，就连国庆游行时，回族演员头戴一顶小红帽，都要被打成“利用文艺形式向党示威”的所谓“民族地方主义分子”的环境下，在所谓的“消灭民族差别，跑步进入共产主义”的口号导向下，整个民族文化都受到了排斥和打击，回族舞蹈又怎能发展得起来呢？

现在，我们又面临着回族艺术发展的良好机遇。全国各地，包括宁夏回族自治区，社会稳定，经济发展，民族团结，政治清明。党中央提出的构建和谐社会的理念，把发展民族文化艺术提到了一个更重要的位置。我一直认为，中国各少数民族千姿百态、色彩缤纷的文化，不但构成了中华民族大一统文化的不可分割的一个整体，而且极大地丰富了中华文化，极大地丰富了中国人民的精神生活和情感生活。在最近召开的全国民族工作会议上，胡锦涛总书记代表党中央的讲话，进一步强调了搞好民族工作、发展民族文化的极端重要性。所以说，我们正面临着发展民族文化、发展回族舞蹈艺术的大好时机。在这样的时候，编辑出版这部箸作，对于回族舞蹈艺术发展的促进作用，意义就更为重要。显然，发展回族舞蹈，不能只靠这样一部著作，况且这样一部著作也不能解决回族舞蹈所面临的所有问题。但是，这部书可以说是一个宣言，表明了我们发展回族舞蹈艺术的信心和决心；这部书是一个行动纲领，反映了发展回族舞蹈的思路和目标；这部书是号角，对全国回族文化界、舞蹈界将起到有力的促进和积极的导向作用，呼吁大家都来关心回族舞蹈艺术的发展，为回族舞蹈艺术的发展出力。因此，这既是一部填补空白的拓荒之作，又是构建回族舞蹈艺术大厦的奠基之作。我想，有了这样踏踏实实的工作，有了这样的努力，有了全国舞蹈界的大力支持，有了回族文化工作者的不懈努力，回族舞蹈艺术的春天一定能够到来，回族舞蹈艺术之花，一定会结出灿烂、丰硕的果实。

[《回族舞蹈艺术论集》，宁夏人民出版社，2006 年]

《石天戏剧集》序：俯首甘为孺子牛

编辑出版被宁夏文艺界尊称为“石老”的石天先生的遗作，是我们很早以前的宿愿了。记得最早是由著名的文艺评论家高嵩先生提出的。当时编者曾想让我作序，我正在中央党校学习，遂请著名学者、时任宁夏人民出版社社长的李树江先生来写，树江先生也愉快地同意了此事。后来，由于种种原因，此事搁置了下来，树江也久病不起，竟于前年溘然去世，现在当这部著作要出版的时候，序言只能由我来写了，怎不令人感慨系之呢。

石天先生是著名的剧作家，他写的“闯王三部曲”等戏剧作品，不仅在艺术上开了革命戏曲之先风，而且在思想上至今都保持着强烈的现实意义。但石老生前，公而忘私，一直忙于工作，许多作品一直没有出版。我们今天结集出版他的这些作品，不仅仅是留下一位老战士、一位老戏曲工作者的艺术足迹，更是为了张扬他那种“笔墨关注时代”的强烈的现实主义精神，以使自己的创作更好地为现实服务，为时代服务，为人民服务。

石老是“文化大革命”结束恢复文联后的第一任党组书记、文联主席。他为恢复文联、培养文艺人才、繁荣发展宁夏的文学艺术事业，“俯首甘为孺子牛”，做出了不可磨灭的贡献。他主持宁夏文联工作期间，是宁夏文联在“文化大革命”中被“彻底砸烂”后一无所有、万事待兴的阶段，也是宁夏文联重整旗鼓，恢复生机，进入第一个发展高峰的阶段。那时候的宁夏文联，在德高望重的石老的主持下，乘改革开放之东风，聚四面八方之英才，在“出人才、出作品”上取得了前所未有的好成绩，也为今天宁夏文艺的繁荣打下了良好的基础。

对于石天先生，我在少年时期就知道他是延安时期的老革命，是著名的剧作家，一直是很敬仰的，但觉得与他距离很远，一直是抱敬而远之的态度的。但后来在与石老的接触中，却彻底改变了我的看法。记得那时我大学毕业不久，在自治区文教局创作研究室工作。刚筹备恢复文联的时候，领导分配我到筹备组工作，一次，领导让当时创研室的负责人尹元和、杨继显带着我坐车到石老家中，接他出来主持文联筹备工作，这大概也是石老被“解放”后正式出来工作。我们把他接出来，车往办公室走时，他说，“我已经老了，应该由你们年轻人来干才好。”这话很诚恳，不单纯是谦虚，更多的是包含着对我们年轻人的信任和期待，这在当时社会上有人把“文化大革命”后成长起来的年轻人统统视为“吃狼奶长大”的，听到这样的话，使人心中不由涌起一股暖流，因而也给我留下了深刻的印象。后来，1992 年，我真的担任了宁夏文联重要的领导工作，到他家去看他的时候，他在高兴之余，还一再谆谆告诫我说，文联工作，要以为文艺家服务为根本，以“出人才、出作品”为中心。从那时到现在，十四年了，我一直记得他的这个教诲，如果说，我在主持文联工作时，多少还取得了一点成绩的话，这也是与他的这个教诲有直接关系的。

现在，宁夏文联的工作条件与石老在时已今非昔比了，宁夏文学艺术事业也比以前有了很大的发展，可以说是达到了又一个发展高峰。但是，应该说目前这种好的发展局面，目前这些成绩的取得，与石老那时打下的基础是有关的，特别是与石老身体力行的“俯首甘为孺子牛”的服务精神和“出人才、出作品”的正确工作思路有关的。因此，我们现在出版石天先生的作品集，不仅仅是为了留下他的作品，同时也是为了保持和发扬他的好传统好作风，保持和发扬他主持文联工作时的服务精神和工作方针，使文联工作不断取得新成绩，使宁夏的文艺事业不断走向新繁荣。

[《石天剧作选》，宁夏人民出版社，2006 年]

《李震杰诗选》序：春蚕到死丝方尽

李震杰老师的遗作虽然篇幅不多，只有薄薄的几十页，但我捧读起来，却从心底里感受到了它那沉甸甸的分量。我们民族的伟大先师孔夫子是“述而不作”，李震杰老师基本上也是这样的。他早年虽然也写过一些作品，但他牺牲了自己的创作，把主要的精力、毕生的心血都放在了“为他人作嫁衣裳”，放在了文学编辑上。他虽然没有给我们留下多少大部头的作品，但经过他的手，却培养出了一大批在宁夏文坛，甚至是在全国文坛有重要影响的人才。

我虽不才，但也是在李老师的辛勤培育和努力扶掖下，才步入文学这个神圣的殿堂的。记得在 1972 年，那时我刚 20 岁，还在宁夏柴油机厂当工人，平时虽喜欢读点书，写点东西，但对于文学还是视为高不可攀的东西，在报纸上发表作品连想都不敢想。一次，车间开大会，领导在会上费力地念着又长又枯燥的“批林批孔”的文章，我听着无聊，便爬在工作台上，用手中的小铅笔头在一张还沾有油污的纸上信手写下了一首“诗”。写好后，请身边的工友们看，那时由于取消了高考，我们工厂里有大批高中的优等生，一位大我许多的工友看完后，认真地说，你应该寄到《宁夏日报》去，说不定能发表呢。那时投稿不要邮费，我也就半开玩笑地，署上自己的名字，托人投进邮箱后，便把这事丢之脑后了。谁知，大约在一个月后，却意外地接到了来自《宁夏日报》的一封信。打开一看，是署名李震杰的编辑写来的。信上说：你的来稿收到了，有生活气息，也较有诗意，经过修改，可以采用。“五一”将近，请你再写一首歌颂“五一”的，届时一同发表。接到这封信后，我自然是欣喜异常，极大地激发了我的写作热情和激情，从此树立了爱好，鼓起了信心，醉心于文学。就这样，可以说是李震杰老师拉着我的手，把我领进了文坛。以后，每次见到李震杰老师，他都是不厌其烦，倾心相教，甚至有时乘着公共汽车，到离市区很远的工厂来亲手帮我改稿子，耐心地进行辅导。可以说在我成长的道路上，洒满了李震杰老师辛勤的汗水。类似于我这样的经历，对于李老师来说，并不是个别的例子，他总是孜孜不倦，锲而不舍，像一个不辞劳苦的矿工，在千万吨泥沙中掏拣着，不放过任何一点闪光的东西；他更像一只忘我的春蚕，向我们这些稚嫩的初学写作者，向所有熟悉、不熟悉的来稿者，倾吐着无限的爱丝，直到丝尽身亡。

过去只听说他曾是诗人，但从来没有读到过他的诗，他也谦虚地从不在我们面前提及这些。直到这次，在他谢世后，编辑这部集子的时候，我才读到了他的作品。其中，有些作品，毋庸讳言带有那个时代的痕迹，但是从中不难看出散发出的浓浓诗意，这在那个年代是十分可贵的；有些作品，从思想性艺术性来看，都功力极深，韵味是那么的清新，语言是那么的精当，在今天都堪称佳作。如若李震杰老师在那时候，特别是在他年富力壮的时候，多拿出些精力来从事创作，相信是一定会写出许多好作品的。但是他却甘为人梯，把自己全部的光和热献给了默默无闻、枯燥乏味的文学编辑事业。他出色的工作，为宁夏文学事业的繁荣做出了杰出的贡献。他虽然没有创作多少作品，但他为宁夏文学，贡献的却是一大批作家和诗人。正因为如此，当有人提出，他的作品大都是过去时代创作的，且数量不多，有无结集出版的必要时，我坚定地认为，李震杰先生的作品固然重要，但先生的人品、精神的弘扬更为重要。出版这样一部作品，不仅能够使我们读到先生遗留人世的、充满诗味和深情的诗歌作品，更能够使我们感受到先生杰出的、不朽的人品与精神，使后人能够学习到先生的高尚的道德风范和可贵的敬业精神。而这在当今是十分必要的。

本书编者请我写序，为我敬爱的老师作一点事情，是我所十分高兴的，写了些回忆的东西，权为序。

[《李震杰诗选》，宁夏人民出版社，2006 年]

《胡介文先生书法艺术集》跋：永远的纪念

读到胡介文先生书法作品集的清样，不能不使人生出无限的感慨。胡先生的第一部书法作品集，竟然成为绝唱，是他的最后一部作品集了。

胡介文先生是宁夏著名的书法家，也是宁夏书法活动的重要组织者之一。宁夏虽然面积不大，人口不多，但有着深厚的文化积淀和浓厚的文化氛围，书法活动开展得十分活跃。宁夏书协是全国为数不多的几个早于中国书协成立的书法组织之一。而胡介文先生，无论是在书法创作还是在书协活动方面，都为宁夏书法事业的发展做出了重大贡献。他的书法艺术熔铸古今，自成机杼，用笔严谨，结构精妙，显示出庄重稳健、潇洒灵秀之美，在国内外有着很大的影响。他的为人，更是温文尔雅，谦虚谨慎，待人诚恳，乐于奉献。作为一位书法大家，他不自大，不自私，对于协会的事情，对于对社会对人民有益的事情，总是尽力而为，从不讲什么价钱。做为宁夏最著名的书法家之一，作为一个主持协会工作多年的书协主席，在他生前竟然没能出一册集子，这不能不是一个生动、有力的说明。

也正因为如此，出版胡先生的书法作品集，就是所有热爱他的人的共同心愿。这部作品集的问世，不仅是表达了我们对胡介文先生的敬意，不仅从中能全面地欣赏到他精妙的书法艺术，而且我们从中也可以学习到他高贵的人格和高尚的人品。只有将这些全面地学习传承下来，这才是对胡先生最好、永远的纪念。

[《胡介文先生书法艺术集》，宁夏人民出版社，2007 年]

《金骆驼丛书》序：为文学开辟一条绿色通道

“金骆驼丛书”第三批又要出版了，编者嘱我写序，我当然欣然从命了。

记得当初宁夏回族自治区党委宣传部、文联、作协兴办这套丛书的时候，初衷是为振兴宁夏的长篇小说开辟一条绿色通道。当时，我们都对宁夏长篇小说创作的不够活跃有点着急，想借这套丛书有意地促进一下。这三四年来，在自治区领导的支持下，在全区作者的努力下，我们实现了当时的初衷。宁夏的长篇小说创作真应了那句老话，如雨后春笋般繁荣了起来，有近二十部长篇作品先后在宁夏和外地发表、出版。“金骆驼丛书”加上这批，也可以说是出版了三批。这三批作品，题材丰富，风格多样。作者中，既有宝刀不老的宿将，又有初出茅庐的新秀，有的还是第一次写作长篇的。前两批作品出版后，在全国产生了一定的影响，受到了读者的欢迎和好评，有的获了全国的“骏马奖”，有的获了全区文学评奖的一等奖。这批出版的三部作品，也是编者在多部作品中择优选出来的，它们反映了宁夏作者长篇小说创作新的实绩，各有千秋，各具特色。相信一定会得到读者的喜爱，为“金骆驼丛书”增添新的光彩，为宁夏文坛增加新的收获。

三批《金骆驼》丛书的出版，不但充分地显示了“金骆驼丛书”是繁荣宁夏长篇重点创作、“出人才、出作品”的得力途径，而且有力地说明了，宁夏作家的创作潜力是很大的，宁夏文学矿藏的蕴涵量是很丰富的，宁夏提出的“小省区要办大文化”的目标是完全能够实现的。现在关键是我们要进一步解放思想，认识并发挥自己的优势，充分发挥自己的艺术创造力和生产力。近日胜利闭幕的党的第十六次代表大会，提出了全面建设小康社会的奋斗目标。建设小康社会，要有社会主义物质文明、精神文明、政治文明。在这“三个文明“中，文艺的重要作用都是不可或缺的。我们要以自己创造性的劳动，为小康社会的建设提供智力支持和精神动力，我们应该拿出更多更好的作品，满足人民群众随着生活水平的提高而日益增长的精神文化生活需要。作品是作家最好的名片，只有拿出优秀的作品，才能有力地证明自己，才能实现自己的社会价值。创作需要自由的环境，只有破除了各种阻碍，才能进入自由的创作状态。应该说，目前宁夏的创作环境是比较好的，宁夏文艺创作的春天已经到来。机不可失，时不我待，我们要以十六大的精神激励自己，乘着这明媚的春光，在文学的广阔天地里奋勇驰骋，建功立业。我们相信，沿着这条绿色通道坚定地走下去，《金骆驼》所开创的，将是一个辉煌的征程。

[《金骆驼丛书》第三辑，宁夏人民出版社，2002年]

《宁夏青年作家作品精选》序：攀登新高峰，创造新辉煌

去年（2005年）8月，在这个大地飘香、万物生长的美好季节里，中国作家协会六届主席团第八次会议在宁夏回族自治区首府银川召开。会议在研讨我国文学宏观问题的同时，也对地处边远的宁夏文学给予了热情关注。中国作协副主席陈建功在会议总结中说：“宁夏的中青年作家队伍，路子正、根底厚、创作态度严谨、创新意识强，是一支大有前途的队伍。”中国作协党组书记金炳华同志，更是在繁忙的会务之中，专门抽出半天时间，与宁夏青年作家代表座谈，并充分肯定了宁夏文学创作的成绩，指出：“宁夏的作家都非常勤奋，创作出了不少好作品，潜力很大，前景看好。宁夏从地域讲是小的，从人口讲是少的，但从文学发展讲，影响却是大的。”金书记还热情地提出，2006年，在北京由中国作家协会为宁夏青年作家专门召开一次作品研讨会。这不仅对宁夏的青年作家，而且对宁夏所有的文艺工作者来说，都是一个有力的鼓舞和鞭策。

这部《宁夏青年作家作品精选》，就是宁夏文联、宁夏作协为准备在北京召开宁夏青年作家作品研讨会，而专门编选出版的。收入这部选集的作家作品，都是宁夏的青年作家这些年来在中短篇小说、诗歌、散文方面的精品力作。其中，许多作品曾被全国性报刊选载，有的还在全国获奖，从中大致可以看到宁夏青年作家文学创作的基本成绩和整体风貌。

宁夏青年作家的创作是勤奋、艰辛的。他们虽然物质条件较差，但志存高远，钟情文学，执着地扎根于生活的热土中，默默地坚守着自己的精神家园，将艺术当作第二生命，不逐名利，潜心创作，以审美的眼光审视时代风云和人心变化，以激情荡漾的灵感和多姿多彩的艺术手法写出了一部又一部的优秀作品，并以其强烈的本土性、现实性、艺术性的特点而在全国具有了一定的影响。

宁夏青年作家又是幸运而幸福的。这首先得益于这片土地对他们的深情养育。宁夏是一个古老、神秘、充满灵性的地方，历史文化、民族文化积淀深厚，浓郁的文化底蕴与特殊的自然风光巧妙结合，使这里既有南国水乡的秀丽色彩，又有塞上边陲的壮美景观。鲜明的回乡风情，美丽的塞上江南，雄浑的大漠风光，古老的黄河文明，神秘的西夏文化交相辉映。特别是新时期以来，治穷致富、奔向小康、构建和谐社会的宏伟目标

正在变成现实，雄风鼓荡山川，人民信心豪迈。这些，都为宁夏的作家提供了不竭的创作灵感和丰富的创作素材。其次是宁夏领导的重视和关心。自治区党委、政府高度重视文化事业的发展，提出了“小省区要办大文化”的战略方针，尊重和关心宁夏文学艺术人才的成长，鼓励他们高尚的精神追求，尽力帮助他们解决工作生活上的问题和困难，为宁夏的作家们营造了一个宽松和谐的文化氛围和良好的创作环境。因而青年作家们由衷地发出了“在中国当一名作家是幸福的，在宁夏搞文学创作是幸运的”感慨。再就是中国作家协会的亲切关怀和大力扶持。中国作家协会和金炳华书记，从西部大开发的战略高度出发，对宁夏的文学厚爱有加，多次给以积极的鼓励和直接的帮助指导。中央和全国的许多部门、许多报刊，也给了我们很大的支持。可以说，没有这些帮助和指导，宁夏的文学创作是不可能取得今天这样的成绩的。

在北京召开宁夏青年作家作品研讨会，这对于偏处一隅的宁夏作家来说，可谓是在全国性的文学舞台上的一次集体亮相，也算是一次“进京赶考”。这既是喜事，也是挑战，更是一次难得的学习机会。不管这次进京赶考的结果如何，但这都意味着，目前的成绩已经都属于过去，在宁夏青年作家面前，有更长的路要走，有更高的目标在召唤。相信通过这次研讨会，宁夏的青年作家、宁夏的整个文学创作队伍，一定会更清醒地认识自己，总结经验，找出差距，再接再厉，奋发进取，珍惜新时代滋润我们成长的雨露阳光，不辜负宁夏父老和中国作协领导的厚望，攀上新的高峰，创造新的辉煌。

[《宁夏青年作家作品精选》，宁夏人民出版社，2006年]

《宁夏青年作家中短篇小说精选》序：喜看新树已成林

《宁夏青年作家中短篇小说精选》，是在自治区党委宣传部的支持下，自治区文联、作协推出的“金骆驼丛书”第二批中的一部重点著作，在这部书即将出版之际，编者嘱我为之作序，我欣然从命了。

记得20世纪80年代初，当宁夏作家张贤亮以其不可阻挡的气势走向文坛时，全国一位著名的评论家写的文章的标题是《宁夏出了个张贤亮》。从那以后，张贤亮作为一棵大树，一直屹立在宁夏文坛，宁夏人为有这棵大树而自豪。但是，很长时间以来，这棵大树却一直孤独地矗立着。为此，宁夏文学界十分着急，积极地做了许多扶植文学新苗的工作。

十年时光过去了，令人感到高兴的是，宁夏开始出现了一批文学新人。“十年树木”，果然不谬。十年间，这片文学的幼树已茁壮地成长了起来。这部集子选编的就是他们这些年来在中短篇小说方面的精品力作。其中有的在全国获奖，有的被全国性的报刊选载，从中可以大致看到宁夏青年作家在中短篇小说方面的基本风貌。

这些青年作家，大多是六七十年代出生的，按习惯的说法，可谓是“新生代”作家了。他们大多大学毕业，起点高、素质好，并有比较深厚的生活积累，发展的后劲很大。他们视文学为自己的第二生命，淡泊名利，孜孜不倦，在文学的园地勤奋耕耘，频频在全国性的刊物上亮相，并不断在全国获奖，为宁夏争得了荣誉，使宁夏文学达到了一个新的辉煌。他们各领风骚，各有千秋，但也有着共同的特点。概括起来，可以说是以下“三化”。

一是本土化。当前，伴随着经济全球化的浪潮，文化上的趋同与反趋同的斗争也日渐尖锐。有人认为，经济上既然全球化了，作为其上层建筑的文化也应该趋同。于是，在艺术上也出现了排斥民族个性，盲目向往西方文明，一味追随西方文化的不健康倾向。其实，精神产品的生产和物质产品的生产完全是两码事，大工业时代物质生产的流水作业绝对不能用在精神生产上。每个民族、每个地方的精神产品不可避免地带有自己的鲜明个性，这正是精神产品的魅力所在。宁夏青年作家与生活在大都市的“新生代”作家的区别之处，首先就在于他们默默地坚守着自己的阵地，坚忍地追求着自己的审美理想，因而使自己的作品带有自己鲜明的地域个性和民族个性，具有强烈的西部味道。

与张贤亮等老一代作家不同的是，这些青年作家都是地地道道的西部人，至少，他们都出生在宁夏这片热土上。童年的耳濡目染，黄土地的养育之恩，使他们对这片土地有着很深的感情，对这里的一切历历在目，烂熟于心。因而，他们提起笔来，写的不能不是这片土地上的人和事，这片土地上的人生际遇，这片土地上人民的悲欢离合，他们的感情历程，他们的人生思考，他们在传统与现实面前的人生选择。其作品的审美趣味不能不带有这片土地的独有味道。在当前，在西部大开发的浪潮中，这样的描写，这样对西部和西部人民的多角度、多侧面的深刻的表现，无论是对于人们认识和了解西部，还是对于启发西部人民的观念解放，激励他们起来改变自己的命运，都是具有积极意义的。

当然，这些青年作家不是狭隘的地方民族主义者，他们立足于西部，但眼光并没有局限于西部，他们写的是这片土地，但往往又思考着具有全球性的大问题。如陈继明的小说既写出了西部人的人生命运，更表现出了生态环境的保持这样一个全球思考的命题。石舒清的《清水里的刀子》，深刻人微地表现了“生”与“死”这样带有人生普遍意义的哲学终极课题。金瓯的《前面的路》，表现了路途的艰难和青年人不甘平庸，在艰难中寻找前途这样当代青年普遍关注的主题。当然，在表现这些主题时，这些青年作家很好地处理了普遍性和特殊性的辩证关系，他们表现的是具有普遍意义的大主题，但又是通过宁夏这片土地上的具体的人和事表现出来的，并具有自己独特的思考和鲜明的个性烙印，因而较好地达到了全球化和本土化的统一。

二是个性化。宁夏青年作家相对于其他都市作家而言，有着自己鲜明的个性和大致相同的风格，但他们内部并不都是一个面孔，一种风格，一个样子的。他们中的每个个体又都各具特点，各不相同，呈现出了强烈的个性化的倾向。陈继明的作品侧重于对特定环境下人的精神世界的描绘和探索，往往具有逼人的“心理深度”和深刻的“现实启示意义”。他的叙事风格被认为是“沉静安详”的和“很有灵气”的。“力求摆脱俗套，追求有美感的表达”，是他小说的“总的精神趋向”。石舒清的大多数作品，“反映了边远村庄回族农民独特的生息方式和精神状态”，以及“世俗的社会政治烙在他们心灵上的重重印迹”，“具有浓郁的生活气息和民族色彩”。其风格“朴实而生动，本分而有特色”。金瓯的小说大多表达了一种青年人在困境中顽强的生存本能和自由精神。其人物笨拙而有趣，具有鲜明的幽默和辛辣的特点。其他的青年作家也都各有千秋，各具特色，从而呈现出一种同中有异，异中有同，千姿百态，繁花盛开的可喜景象。

特别值得一提的是，他们中有不少是回族作家，作为宁夏回族自治区主体民族的作家，以其鲜明的民族个性表现了回民族特有的生活风貌，他们那独有的精神世界和心理素质，和他们那在传统文化熏染下而与众不同的审美眼光和生活趣味，从而为我国多民族的文学百花园中增添了绚丽丰富的色彩。

三是艺术化。这些青年作家的创作，不是直泻的书写，更不是粗率的应付，而是一篇篇精心的艺术佳构。从他们作品的立意来看，就是诗化的，富于艺术魅力的。有的单看其题目，就能给人以强烈的艺术联想，而细读其内容，更能深刻地感受到其诗一般的美的意境，给人以一种艺术的享受。他们的语言是细腻而富于魅力的，生动而传神，形象而细腻，使人读后犹如余香在口，回味无穷。更重要的是，这些作品活灵活现地刻画出了西部的艺术人物形象。在他们的笔下，各类带有西部地区鲜明特征的艺术人物栩栩如生地向我们走来，他们中，有笨拙然而执着，永远在探索"前面的路"的青年；有痛苦而没熄灭希望之火的知识分子；有从小就懂得生存艰难的少年儿童；有看透生死真谛的乡村老人。其中，特别能吸引读者的，是他们塑造的女性形象，她们灵秀、善良，感情丰富而细腻，浑身散发出美的熠熠的光彩，与粗粝的环境形成巨大反差，使人深刻地感受到了西部人心灵美的内质。

在刻画人、表现人时，他们对人性的观察、捕捉和描写是令人感动的。陈继明的《月光下的几十个白瓶子》，从一个受压抑的知识分子的内心闪念出发，深刻、细腻、有层次地描写表现了一个正常人走向犯罪，心理逐渐扭曲的过程，读来使人非常信服。石舒清的《清水里的刀子》更是将人性中的最本质的东西——生和死的问题剖析得淋漓尽致，是一篇挖掘人性、展示人性的不可多得的精品力作。

在塑造人物时，这些青年作家，特别是回族作家们，不可避免地要写到宗教。宗教是人类精神生活的一种重要现象，正确、准确地描写它，对于刻画人物、深入挖掘人物的内心世界有着重要的作用。在这些青年作家的创作中，他们写到了宗教，但着重表现的不是宗教唯心主义的世界观，而是它对现实中的苦难、对尘世中的人的悲悯，对"善""洁"的精神及形而上的东西的追求。这就突出弘扬了宗教正面的层面，不仅更真实地刻画了人物，而且具有积极的现实意义。

总之，宁夏青年作家所取得的成绩是喜人的，他们以其清新的风格和青春的朝气而在全国兴起了一股宁夏风。目前，这一文学现象已经引起了全国文学界的瞩目和肯定。去年，在北京中国作协召开了"西部好风景，宁夏三棵树——陈继明、石舒清、金瓯作品讨论会"。最近，正在我们编辑这部书的时候，从北京又传来喜讯，石舒清的《清水里的刀子》获得了鲁迅文学奖，这不仅仅是他们中个别作家的光荣，更是对宁夏青年作家的整体肯定和集体荣誉。当然，从发展的眼光来看，他们还有许多不足，与老一代作家和全国其他地方的作家相比，还有一定的差距。但是，既然这片青树林已经在西部的黄土地上扎下了根，那么，它们一定会茁壮地成长起来的。在西部地区，绿色就是生命，绿色就是希望。我们相信，这片青树林一定会将根须更牢固地伸向故乡的土地，在阳光雨露的哺育下生长得更加郁郁葱葱。

[《宁夏青年作家中短篇小说精选》，宁夏人民出版社，2002 年]

《智者宽容》序：惟智者能宽容

今年五一长假刚过，保建国同志拿着他的作品集《智者宽容》到我办公室来，嘱我作序。我与建国还不相识，但他那淳朴的举止，诚恳的谈吐，都给我以知交之感。读了他的书，更感到我俩相通之处甚多。比如他说：读部好书，如饮醍醐。我也常有这样的感觉，读一部好书，犹如品一杯好茶。好书与好茶都能使人齿颊留香，回味无穷。在月白风清之夜，清静独处之时，烹一杯好茶，捧一部好书，细细地品着，闲闲地翻着，任袅袅的水汽伴着自己的思绪自由地升腾，任娓娓的言语暖暖地融入自己的心田。这时，那种阅读的乐趣是别人很难体味到的。

摆在我面前的《智者宽容》，给人的就是这种感觉。它文字凝炼，意味隽永，有感而发，厚实平和。有议论，有见地，有品味，鞭辟入里而又深入浅出，逻辑严谨且又轻松活泼，会吸引你一口气读下去而不觉得乏味的。读着这部集子，你会感觉到作者流露出来的感情是那么的真诚与真挚。书中虽有深刻的时论，有作者对社会上一些现象的议论和批评，但不张扬蹈厉，不强加于人，更多的是以理服人的忠告，是以情感人的劝教。集子中，还有相当部分是作者读书时的感悟，对亲情、友情、爱情的表述，娓娓道来，直抒胸臆，不娇情，不造作，平淡之中尽显真情，使你既使与他素昧平生，也会认为是在与一位多年的好友在促膝恳谈，倾心交流，真有如沐春风之感。

建国的书，如渠头活水，汩汩流出，给人以知识的润泽，睿智的启发。我想这全源自于他平日勤于读书，勤于思索的缘故。这种扎扎实实的作风，也是颇令人敬佩的。不像有些人，本来腹中无物，却偏还装腔作势，指手画脚，贻笑大方。其实，文章虽有高低，但也本无定法，关键是你有没有真情，真才，真见。从这部书看来，应该是继承了中国优秀散文的真谛，是有见识、有才情的一部作品。

建国大小也算是个官员。中国官员自古大多是文人，而且，好多还是真正的大文人。今天，在现代化浪潮迅猛发展的新的世纪里，时代迫切地提出了一个建设学习型社会的问题。在这样一个学习型的社会里，我们的大大小小的各级官员，也应该提倡学者化。不可想象，一个胸无点墨，不好学习，以“老粗”自诩，只会一味蛮干的人，会成为一个真正合格的领导者。从这个角度讲，我们欢迎建国这样的学者官员。同时，也衷心地希望建国能在这条道路上坚定地走下去，取得更大的进步。

[《智者宽容》，宁夏人民出版社，2004 年]

《灵性山河》序：新的崛起

灵武文联的同志拿来他们编辑的文学作品集《灵性山河》，请我作序。看到这厚厚的、还散发着油墨清香的集子，一股亲切感立即吸引了我，我愉快地答应了。

我对这本集子之所以如此情深，是因为我的故乡是吴忠，往远里和大里说，我也可以算是一个灵武人。吴忠现在尽管是地级市的所在地，用当地乡亲的话来说，是“大市”了，但它分治的时间很短，长期以来，是受灵武管辖，历史也远没有灵武辉煌。不要说灵武有旧石器时代的遗址水洞沟，是人类远祖的发祥地之一；也不要说唐肃宗曾在这儿登基、灵武为唐朝的中兴之地。就说在唐代的边塞诗中，灵武是一个激发了多少人灵感和诗情的地方啊！在这儿走过多少著名诗人，留下了多少千古名句啊。就连那著名的“贺兰山下果园成（城），塞北江南旧有名”的诗句，指的也是灵武。因为，它的诗名，就是《送卢潘尚书之灵武》。所以，在吴忠建立地级市的时候，我深为没能选用既有历史文化内涵又能表明地方规格的“灵州”这样一个现成的名字引以为憾。可惜，我的意见，只能作为一介书生的一家之言了。

古代灵武，不仅创造了政治、军事的辉煌，也创造了文学上的辉煌。而在那之后，灵武却大多处于沉寂之中，特别是在文学上，长期默默无闻。当然，也有人说，那个灵武，早已被黄河淹没了。黄河淹没的仅仅是城垣，那个充满神奇、涌现过许多不朽诗篇的“灵州”大地，难道也被黄河埋没了，真的丧失了灵性，在中国文坛销声匿迹了吗？

现在，看到了《灵性山河》，答案应该是否定的。这本集子，首先从作者阵容上看，可谓是人才济济。过去，对于许多人，我虽然十分熟悉，但并没记住他们的籍贯。这次，翻开作者名录，方才知道他们原来都是灵武同乡。读着这本书，在和一个个相识的、不相识的文友作无言交流的时候，不能不使人想到，古老的灵武大地仿佛苏醒了过来，一下子站立起了那么多作家，这真是十分可喜的。应该说，没有灵武政治、经济的发展，没有改革开放这么多年来灵武人民在物质上的丰富和精神上的解放，这么多的文学人才脱颖而出，那是不可想象的。再从作品内容上看，不但诸体兼备，各种文学样式都有，而且其创作题材，也是丰富多彩的。使人通过这些作品，形象地看到了古老的灵武大地的风云际会、世事沧桑，鲜活地触摸到了灵武人民的生命律动、人生百态，不由得为他们的所忧而忧，所喜而喜。更引人入胜的是，这些作品字里行间所蕴藏着的真情实感。这些踩着黄土地喝着黄河水长大的作家，没有矫情，没有做作，他们以各种不同的方式，传神的笔触，尽情地抒发着自己朴实而炽热的情感，倾诉着自己对故乡的眷恋，对这块土地的热爱，细腻地表达着自己的人生感受，对亲人、恋人和友人的挚爱，读后使人产生强烈的共鸣，并生动地领略到灵武的人情美、风俗美和灵武作家的文笔之美。总之，从这本集子中，我们看到了古老的灵武大地的新的崛起，看到了灵武的文运昌盛。

现在，历史又一次给了灵武以新的发展机遇。灵武越过黄河，划转给了银川，参与到了大银川建设的战略规范之中。大银川的建设，必然要有大文化的发展。无数事实已经证明，文化，是一个城市的灵魂，没有文化建设的城市，将是一个没有魅力没有竞争力的城市。在大银川的建设中，在古老灵武的发展中，文艺将发挥着越来越大的作用。从这个角度上来说，《灵性山河》的出版，不仅是非常有意义的，而且是非常适时的。我认为，这本书的出版，无疑是一个很好的起点，它不仅标志着灵武文学的自觉，更标志着灵武大地的自觉。在这种自觉意识的引领下，古老的灵武大地，一定会再度崛起，灵武文学，一定会再创辉煌！

[《灵性山河》，宁夏人民出版社，2004 年]

《驼路》序：回商精神的生动表现

回族是一个勤劳智慧的民族，也是一个善于经商的民族。早在唐宋时期，就有许多“胡商”“蕃客”“识宝回回”的记载和传说。《太平广记·原化记·魏生》曾说：唐安史之乱后，魏生有一宝不知其价值，在回商的聚会上拿出来，“众遂求生，请市此宝，姿其所索， 生遂大言，索百万，众皆大怒，‘何故辱吾此宝？’，加至千万乃已”，从这个故事中我们就形象地看到了回族先民诚实无欺、耿直外露的生动形象。

宁夏地处“丝绸之路”要道，留下了回族商人的无数足迹。回商做为一支精英团团，在中国西部地区已有数百年的经商历史，尤以驼运而闻名。这其中有多少鲜为人知的故事，需要我们去挖掘、去表现啊！

现在，我们欣喜地看到，回族作家王正有推出了他的长篇小说《驼路》。作品以清末西北回民起义失败后，官府勾结洋行、洋教会对百姓的压榨，对西北地区资源的掠夺、商业垄断等为背景，描写了一个回商家族两代人经商，以及与官府、洋人斗争的故事，表现了回族商人在苦难与斗争面前所特有的顽强精神和爱国情感。作为一个基层的业余文学作者，能够静下心来冷静的思考，勇于担当起一个回族文化人的责任，通过文学的视角宣扬回族优秀传统文化和回商的经商史，让民族的精神更加鲜活，让民族团结的主旋律更加铿锵有力，这是值得我们赞赏的。

“回商精神”是《驼路》的突出主题。什么是回商精神？一是清白做人，诚信经营。立商必先立人，清白是回商的立人之本；诚信是回商的经商之道。《古兰经》规定凡带有欺诈诓骗行为或对人有害的买卖都是赫拉姆（不干净的东西）。这种诚信已超出了道德意义上的诚信而成为必须遵守的规则，也是回商之所以经久不衰的根本。二是乐善好施，求财不贪。这也是伊斯兰教的“天课”制度的要求，使回商养成了乐善好施、不贪婪财物的良好品德。三是精明能干，吃苦耐劳。回商善于动脑筋，精打细算，勤劳吃苦。四是爱国守教，义利并重。作品的主人公遵守教门，从不做违反教规的事。他们有着强烈的爱国精神，他们懂得爱国是信仰的一部分，他们的“义利并重”思想对中国受儒家影响的“重义轻利”的传统观念是很好的矫正。《驼路》通过鲜活的人物形象，生动的故事情节，传神地将这种“回商精神”表现了出来 ，这不仅有着重要的认识意义，而且有着强烈的现实意义，这是十分难能可贵的。

《驼路》还反映了丰富的回族文化生活内容。汤瓶在回族穆斯林中有举足轻重的作用，作品中多次写到此物，而且带着一股子灵气，给作品增添了一层神秘色彩。“花儿本是心头肉，不唱是由不得自家”。回族花儿在作品中多次出现，犹如嵌在作品中的一颗颗闪光的红玛瑙。回族妇女的爱物口弦子也不时拨弄着读者的心弦，犹如呈在我们面前散发着扑鼻馨香的盖碗茶。作品中还写到了回族婚礼、葬礼、求雨、斋月、古尔邦节等等，都是民族文化的很好展示。

总之，作者形象生动地将回族商人特有的精神和回族原生态的文化展示给读者，让我们对回商以及回族有了更多、更深入的了解，从而更有利于热爱自己的民族、自己的家乡，有利于各民族之间的团结、和睦相处。相信这部作品的出版，一定能够得到广大回汉族读者的喜爱和欢迎。

[《驼路》，大众文艺出版社，2012 年]

《骨骼深处的拔节之声》序：回族文学理论的新收获

又是一个斑斓的树叶挂满了枝头的秋天。

又一次集中收到了石彦伟兄弟从远方发来的文章。

细细地品读着这些文字，心头涌起温暖的涟漪，怎能不想起五年前，也是在这个收获的季节，我俩日日夜夜，共同奋战，冲刺《中国回族文学通史·当代卷》最后部分的那些往事呢！

那时，彦伟还年轻，刚在文坛崭露头角。我作为《中国回族文学通史》的主编，约请他担任当代卷的主编之一，并负责当代卷的半数撰稿任务。由于这是个国家出版规划的项目，要求高，时间紧，到 2013 年最后季度，距交稿的时间不多了，于是我俩约定，采取流水作业的方法，他那儿完成一章，就交我一章。每当看完一章，将意见反馈回去的时候，我总是习惯性地走出户外透透气，一边踩着小径上吱嗄作响的斑斓落叶散步，一边充满期待地盼着彦伟的下一章稿子。那真是一段紧张、充实，然而又是愉快喜悦的时光啊！仅仅两个多月的时间，彦伟就完成了余下所有撰稿任务。而且写得是那么出彩。后来通史顺利出版，受到业界和读者的好评。

在和彦伟文字往来的同时，我俩也深深地结下了忘年之谊。在对回族文学研究的热爱上，在关于回族作家作品的观察与讨论上，可以说是无话不谈，而且观点总是那么相投。现在，彦伟又为我们共同的事业做出了新的贡献，将他的回族文学论稿结集成册。在编撰《中国回族文学通史》的时候，读着他奋笔疾书发来的文字，就常常为他那吃苦的精神，流利的文思，不凡的才华而从内心发出由衷的叹服。现在读他的这部文集，更加深了我的这种印象。

这些年来，彦伟在回族文学领域十分活跃，他不知疲倦地奔波着，探寻古运河流域和更多地区回族生活的痕迹，采录回族老作家口述史访谈，组织笔会、研讨、评奖等一系列有利于回族文学发展的社会活动，特别是创作之余，以他擅长的评论方式推介作家作品。从这部文集中就可以看到，他长年自主地、满怀激情地对我们民族文学的年度收获进行细致入微的述评。既有“骨骼深处的拔节之声”这样的动情之语，亦有“谁能为临夏文学修一条铁路”的中肯之言。这鲜明地反映了彦伟对民族文化基业“新松恨不高千尺”的炽热情感，也反映了他与生理年龄不很相称的沉重担当。

一个民族的文学需要这样的有心人！当大家都在埋头创作时，有人清醒地站在高处，对回族文学的整体格局做出客观而内行的点评，这不仅需要勤谨的阅读、经验的萃取，更需要白昼的热忱、暗夜的奉献。

基于《民族文学》编辑工作的便利以及对这一岗位的珍重，彦伟与上至“二零后”、下至“九零后”的几代回族作家都有交往，对全国各地回族文学的创作情况都如数家珍，这一视野的优势使他擅长从各地具体情况出发，有针对性地进行剖析。对于回族聚居区的回族文学创作，他提出：要“忠贞不渝地立足回民族的文化厚土，对回族精神气场进行识别与张扬，彰显文化自觉与自信”；对于回族散居区的创作，他指出：“他们所写的回族生活往往并不是言必谈牛羊、白帽、教门功课，却一样得法入味，舒展着回族的风神。”他十分注重地域对于作家创作的制约和影响，根据回族散居全国各地的现实，他从北京、东北、华北、中南、西南等几个大的区域出发，独具慧眼地捕捉到这些地区回族作家创作的特点，并充分肯定了他们“习惯于对差异性的识别与包容”，“努力定位着自己的文化身份，践行着‘各美其美，美美与共’的文化理想”的创作实践。

或许职业习惯使然，他并不是狭隘地只将眼光盯在回族上面，而是在与多民族的比较研究中发出自己的呼声。他主张：回族文学“首先应将自己定位于中华多民族文学园地中的一支重要力量，这样的坐标意识决定了它的眼光，势必不能孤芳自赏、固步自封，而是要与兄弟民族建立常态的互动机制，不断汲取各民族文化养料”。这种宽阔的眼光和包容的态度，对于我们的回族文学创作是十分有益的。

读着彦伟的这部文集，更能欣赏到他优美的文笔和率真的文风。彦伟块头大，文章的气势也大，拉开架势，侃侃而谈。有时似山间泉水，汩汩不竭；有时似大河奔流，淋漓酣畅，但都是真诚、真心、真性情之言，率直而不造作，诚恳而不虚伪。读他的文字，就仿佛是在与他面对面地谈心，字字发于肺腑。他的评论文章，大多具有散文化的风格，没有说教，没有填充生僻概念而故作高深之态，读来贴切实在。

回族文学的历史虽与民族同步，有着久远的传承，但作为自觉的族别文学研究和评论，则大致发轫于社会主义新时期，即20世纪70年代末。在这几十年的时间里，一代又一代的回族文学理论工作者荜路蓝缕，披荆斩棘，在荒芜中开辟，在寂寞中呐喊。应该说，新时期回族文学创作的繁荣是和回族文学理论的活跃密不可分的。“新故相推，日生不滞”，在如今新的时代转型中，回族文学的生态发生了许多前所未有的变化，随之对理论建设的呼唤愈来愈迫切，要求也愈来愈高，重担已经历史地落到了年轻一代的肩上。

值得欣慰的是，一批有着较高学历、焕发着勃勃朝气和灼灼才气的中青年理论工作者日益成为文坛主力军。他们学养厚实、思维张扬、笔头犀利，没有框框和桎梏，这喻示着我们民族文学新的进步和希望。彦伟就是他们中突出的一个。我希望，他的研究不仅可以促进作家群体的健步成长，也能够带动更多同龄的、甚至更年轻一代回族文学研究群落的涌现！

这部集子，是初过而立之年的彦伟在文学评论领域的首次结晶，既是他的奠基石，也是他的铺路石。有了这良好的开端，彦伟一定会在这条道路上走得更加坚实。或许就以这一年他在南京大学攻读文学博士为契机，更为艰深的理论课题、更为扎实的科班训练、更为神圣的学术理想，正在前方等待着他。与其说，我很欣赏这一部中一个意气风发、灿如夏花的“才子”，不如说，我更期待下一部中一个穷理尽微、出凡入胜的“学者”。

我想，对于高擎着理想圣火不断奔跑着的彦伟，这并不算是一种苛求吧。

（《骨骼深处的拔节之声》，宁夏人民出版社）

《20世纪回族文学价值研究》序：循历史之迹，寄民族之情

在人类漫长的历程上，百年时光，也许只是短暂的一瞬；在回族千年的岁月中，百岁也不算是很长。但是，作为20世纪的这百年，却在人类发展史上是不同寻常的，在回民族的历史长河中，更具有关键性的意义。有人曾说：20世纪是一个精彩纷呈的世纪，20世纪也是一个悲喜交加的世纪。对于中国人民来说，这是一个激荡着启蒙、科学、民主、革新思潮的时期。而作为回族人民来说，则是一个由黑暗走向光明、民族精神由极致压抑而得到高度解放的时期。

百年时光淘尽了一切，百年时光经历了几代人。这百年所发生的一切，百年的风云激荡，精神嬗变，我们从哪里可以看到，从哪里可以更形象真切地感受到触摸到呢？

我们当然可以通过历史教科书得到大致的认识，可以通过老人们的片断回忆得到一些印象。但是，有什么能比文学作品，这百年间人民心灵世界的花朵和果实，他们那即时的、多面的、生动的形象描绘和情感流露更直观、更立体、更能打动人呢？

由此，我们可以得知《20世纪回族文学价值研究》的价值所在了。这部书的著者，年轻的回族女博士王继霞，循历史之迹，寄民族之情，以一个文学理论工作者的精准目光，选择了这样一个在民族历史上具有关键性作用的时间节点，对于我国20世纪回族文学的发展状况以及重要价值进行了深入系统的描述和研究。从价值论视角，在价值创造—价值形成—价值实现的动态链条中，对百年回族文学发展的历程，它那独特的文化品性、精神浓度和艺术创新等进行了深刻阐释，不仅填补了学科的空白，从一个更为宏大的角度，回顾总结了百年来回族文学的发展经验，而且通过百年来回族文学作品的解析，帮助我们了解到了回族人民百年来的生活和精神状况，他们那孤独而丰富的心路历程，彰显了“边缘”文化的活力和价值。同时，也为重构中华文学版图、开创多元文化格局的世纪性命题的实践提供了新的思路。

回族文学作为反映诠释回族社会生活和精神世界的生动载体，作为中国少数民族文学、中华文学的一个重要组成部分，有着重大的存在意义和研究价值。它生成的多重文化背景与不断拓展的成长路径、它与传统文化或疏离或紧密的关系变化、它内蕴的某些精神独特、超越时空的艺术创新等，都是极具有典范性、启示性的文学、文化研究的命题与资源。通过这部著作，我们不仅可以了解到作为个体存在的回族的文学、文化承继变迁的过程，而且也能深切感受到它为中华文学、文化版图的多姿多彩、开拓创新，为中华人文精神的塑造、多元文化格局的建构提供的别样视角和全新贡献。因此《20世纪回族文学价值研究》无论对于回族文学，还是对于中华文学，都是一部有价值的著作，是回族文学和少数民族文学研究领域的新收获。

读完这部著作，我在由衷地为著者所取得的学术成就而高兴的同时，更为我们民族的文学所取得的巨大发展和骄人成绩而感到无比欣慰和自豪。

在20世纪之初，当清政府的某些官方文书上还将“回”字前打上“犭”傍的时候，当反映回民历史和内心世界的《热什哈尔》还只能用人们所不认识的文字在民间秘密抄写的时候，有谁承认有什么“回族文学”？当中华人民共和国成立以前，回族被国民政府称为“回教”的时候，回族人民还能有什么发展回族文学、研究回族文学的奢望呢？

就是到了改革开放的前期，当人们还在为“什么是回族文学”“回族文学的特点和范围是什么”而争论的时候，有谁能够想到，时间仅仅过去了二十几年，回族文学不仅以其作品的蔚为大观而为人们瞩目，回族文学的评论和研究也渐成声势，成为一门在国内外都有影响的学科，不少博士、博士后都以此作为自己的专业学习研究领域呢？在为我们民族的文学和文化的发展感到高兴的同时，我们也不能不由衷地感慨：百年时光淘尽了一切，百年时光也改变了一切。时代发展和前进的脚步是无可阻挡的！

[《20世纪回族文学价值研究》，中国社会科学出版社，2014年]

《中华传统仪礼》序：弘扬中华传统文化的力作

仪礼，是礼仪的具体化行为。它涵盖社会生活的方方面面。从人们的言行举止，饮食起居、生老病死，到人际交往、婚丧嫁娶、社会活动等等，无不与之相关。故我国古代著名的教育家、思想家孔子说：“不学礼，无以立。”另一著名的思想家荀子也说“人无礼则不生，事无礼则不成，国无礼则不宁”。

我国是举世公认的文明古国，也是著名的礼仪之邦。仪礼文化，在我国有着悠久的历史和深厚的基础。讲礼重仪，是中华民族世代相传的优秀传统。早在先秦三代，就制定过“五礼”，分别为“吉礼”“嘉礼”“宾礼”“军礼”和“凶礼”，后又根据历代沿袭的仪礼制度，编辑了《仪礼》《周礼》《礼记》三部著作，通称“三礼”，作为儒家的“十三经”的重要部分，而成为历代读书人的必读之书。但是，“三礼”主要体现的是统治阶级的意志，是为巩固尊尊卑卑的等级制度，维护阶级分化的社会秩序服务的，存在着较为浓厚的封建性、宗法性、专制性和保守性的因素。后来，随着社会的变迁，这些繁复的礼仪程式也大多丧失，且极不适用。我们今天见到的礼仪读本，不仅少得可怜，而且难以体现中华传统礼仪的根脉。因此，早在春秋时代，孔子就发出了“礼失求诸野”的感慨。那时，他已经认识到虽然三代的仪礼在朝堂上“礼崩乐坏”，但在民间，在广大的老百姓中间，还是可以挖掘得到的。确实，在田间，在我国各民族的人民群众中间，我们都能发现，他们都保持着丰富而多样的礼仪文化，并代代传承，绵延不息，成为民族悠久的文化传统和聪明睿智的先人留下的一笔丰厚遗产和宝贵财富。

《中华传统仪礼》这部著作，就是编写者通过文献检索、田野走访两头入手，从根脉上演绎传统仪礼程式、仪礼文化的一部大作。它以古代的仪礼为渊源，结合我国社会发展进步与仪礼、文化的演变，特别是依据田野的走访调查，将中化传统的仪礼归纳为八种礼俗程式，分别为“人生礼仪”“节日礼仪”“生活礼仪”“社交礼仪”“劳作礼仪”“释道礼仪”“军事礼仪”和“祭祀礼仪”。全书六十余万字，图文并茂，通俗易懂，分八编对中华传统的礼仪程式进行了颇为详细的介绍。这些礼仪程式，大多数与人们日常生活息息相关。如人生礼仪，从“求子礼”“出生礼”“洗三礼”“满月礼”“百晬礼”“抓周礼”“笄冠礼”“婚嫁礼”到“寿礼”“葬礼”“丁忧礼”，每一个人生环节与礼俗程式都有详尽的介绍。可谓是“一册在手，礼仪全晓”。

《中华传统仪礼》不仅是一部居家生活的工具书，也是一部社会活动的礼俗指南。

它将中华传统礼仪的知识性与可操作性融为一体，旨在弘扬中华传统优秀文化，让普通读者、普通家庭便捷地了解传统礼仪的习俗程式和魅力，使之在日常生活中加以体验。同时，这部书有着丰富的传统文化知识含量。通读全书，可以明显地感受到编者在弘扬中华传统文化方面的深厚功底和良苦用心。当然，由于传统仪礼是过去时代的产物，受社会背景的影响，它们有的已经过时，有的明显存在着所产生时代的局限。为此，编者特地做了恰当的说明和点评，提醒读者加以甄别，这是十分值得称道的。

当今，在社会主义市场经济条件下，礼仪文化在促进人们塑造完美人格、协调社会矛盾、安定社会秩序、凝聚族群共识、创建精神文明等方面发挥的价值是不言而喻的。因此，《中华传统礼仪》的出版可以说是非常适时、十分需要的，是一部非常值得阅读和收藏的读物。相信这部书一定可以走进千家万户，在人们的家庭生活和社会生活中发挥积极的良性作用！

[《中华传统仪礼》，商务印书馆]

《王焕民王焕新将军书法作品集》序：将军风采岂止在疆场

由兰州军区联勤部、宁夏军区政治部、宁夏文史研究馆、宁夏书法家协会、宁夏美术家协会、宁夏书画院、宁夏书画艺术发展促进会联合主办的“王焕民、王焕新将军书法作品展”，于2010年“八一”建军节前夕在宁夏展览馆成功举行。展览场面隆重宏大，观众参观踊跃，产生了良好的社会影响。

王焕民、王焕新兄弟出生于江苏省宿迁市的一个农民家庭，在他们从普通一兵成长为共和国将军的数十年非凡的军旅生涯中，我们看到的是他们对党、对国家、对军队、对人民的忠诚和奉献的政治热情，勤于学习、精于思考、善于总结、创造性工作的睿智，是从容宽厚、谦和豁达的亲和力和人格魅力，以及严于律已、廉洁奉公、两袖清风、无私无畏的正直品格和良好作风。

将军风采岂止在疆场。当我们敬佩唐代颜真卿率军平叛的奋不顾身时，对渗透着凛然正气的他的书法艺术始终奉为楷模；当我们将誓死恢复中原的岳飞视为民族英雄的同时，对他饱蘸深情书写的《出师表》，亦是赞赏有加、深受激励。武韬文略本是将军本色。王焕民、王焕新两位将军书法作品的字里行间中，也充盈着两位将军作为人民军队将领的鲜明、坚定的政治立场和时刻听从党召唤、征战疆场、敢打必胜的军人情结。点画篇章之中，同样洋溢着他们刚柔相济、纯真纯美的高雅情操和内涵丰厚、修养精深的儒将风采。

从部队重要岗位退下来的两位将军寄情于笔墨，秉笔抒情，创作出大量的书法作品，参加全国、全军等各层次的展览和公益活动。我们从展览中的近百件作品中认真遴选，并调整、充实了部分近作及祝贺作品，编辑成这部作品集，以飨读者。

[《王焕民王焕新将军书法作品集》，宁夏人民出版社，2013年]

访谈二题

《中国回族文学通史》主编访谈：全面呈现回族文学的成就和风貌

国家“十二五”重点出版物出版规划项目、国家出版基金项目、宁夏回族自治区文化重点精品工程项目成果《中国回族文学通史》近期由黄河出版传媒集团阳光出版社出版。

《中国回族文学通史》由回族文学评论家、文化学者杨继国担任主编，多位回族专家学者参加了编纂工作。该书约320万字，是迄今为止以回族人的视角全面展示回族口头和书面文学成果乃至于文化成果，反映回族人民精神文化历程的百科全书式的一部大型著作。

在该书的研讨会上，专家学者谈到，这部著作不但能够使读者了解到回族文学发展的历程，而且可以走进回族人民的心灵世界和精神世界，感知他们的心路历程，对促进各民族之间的相互了解、相互尊重、相互交流和相互合作大有裨益。

明江（《文艺报》记者）：我们知道，编写中国各少数民族文学史的工作很早以前就已列入议程。1958年7月，中共中央宣传部就提出要编写中国各少数民族文学史，回族文学史被确定为首批上马的项目，但是因为各种原因没有能够展开。

杨继国：是的，新时期以来，回族文学史的编写工作才终于重新启动。中国社会科学院少数民族文学研究所多次召开少数民族文学史编写工作会议。在这些会议的推动下，宁夏于1979年9月成立了回族文学史编写小组，由王十仪先生任组长，开始了这项工作。之后，又在宁夏大学成立了回族文学研究所，由李树江先生任所长，专门负责回族文学的研究和回族文学史的编写工作。

在王十仪和李树江的主持下，回族文学史的编写取得了一些阶段性的成果。先后出版了张迎胜、丁生俊编写的《回族古代文学史》、李树江编写的《回族民间文学史纲》、我和何克俭编写的《当代回族文学史·上编》。这些成果出版以后，曾在宁夏召开了回族文学史编写工作座谈会。与会专家学者在充分肯定回族文学史编写工作成绩的同时，也提出了一些中肯的意见，更希望有一部贯通古今、涵盖全面、自成体系的中国回族文学通史早日问世。可惜，达到这一目标本属不易，再加上后来编写组人员各自工作的变动，这一工作停顿了下来。

2010年，国家出版基金资助项目申报在即，我们又萌生了重新编写回族文学通史的念头。编写中国回族文学通史的工作，得到了宁夏回族自治区政府的高度重视和支持。自治区政府将此项工作列入宁夏文化建设的精品工程，批拨了专项编写经费。在各方面的关心帮助下，《中国回族文学通史》编委会和编写组随即成立。经过近4年的共同努力，这部全面展示回族的文学乃至于文化成果的百科全书式的著作总算面世了。我们总算不负初衷，圆了几代人的梦，实现了自己的念想。

明江：相较于以往的回族文学史和其他民族的族别文学史，《中国回族文学通史》的特色是什么？

杨继国：《中国回族文学通史》正因为编写较晚，所以也具有后发优势，它具有以下显著的特点。

一是篇幅宏大。这部著作有四卷五册，320万字，不仅在篇幅上远远超越了过去的回族文学史著作，而且在已出版的族别文学史中也应该是最宏大的。这充分反映了回族文学发展的壮丽图景和丰硕成果。这种鸿篇巨制，是和回族文学的历史地位、现实状况相适应的。

《中国回族文学通史》的编写，虽是过去工作的继续，但又有了脱胎换骨的变化。它既充分利用了自1979年以来回族文学史编写过程中的有关成果，又面向海内外广泛搜集、挖掘了一大批新的回族文学资料。无论是回族的口头文学创作，还是书面文学创作；无论是古代回族作家的作品，还是当代回族作家的新作；无论是回族聚居区域的作家作品，还是散居在非民族聚居区域的回族作家作品，乃至于海外的回族作家作品，都在编写者的视野之内。

二是结构特别。根据回族的历史特点和实际情况，我们在编写上既认真参考、吸取了各少数民族文学史，乃至于中国文学史编写的长处，又根据回族文学的实际情况，采取了一些比较符合回族文学实际、便于更好地展示回族文学发展成绩的结构特点。

这部书分为民间文学、古代文学、近现代文学和当代文学四卷，这样既有史的脉络和顺序，又能更好地展开。比如，关于民间文学，一般民间文学都是混合在各个历史朝代中论述，因而大都表述得不够充分，并且很难看出其发生、发展的脉络。我们根据回族民间文学特别丰富而且具有自己显著特点的实际，将民间文学单独作为一卷，且置于各卷之首。再如，近现代文学也可以不单独列卷，但是，考虑到这个时期正是回族人民思想活跃、回族文学繁荣发展的时期，而且这时期的回族文学也十分有特点，不仅是回族知识分子，就连回族的宗教人物、政治人物也纷纷以文学作品来唤醒族人、国人的家国意识，表现出了强烈的民主精神和爱国精神。这样，我们也单独列成一卷，以更好地展现这时期回族文学的成就和风貌。

回族当代文学，在我们这部通史中占了很大的比重。关于当代文学的论述，历来有不同的体例，有的是以时代为脉络来论述，有的是以体裁为脉络。由于当代回族作家阵容特别庞大，当代回族文学作品又极其丰富，而且当代回族文学的发展基本上是新时期以后的事，时间很短，只有30来年的时间，许多回族作家又都擅长几种主要的文学体裁。因而，一般文学史的体例对我们都不适合。经过反复斟酌，我们采用了以地区为单元分章节的办法。又考虑到全国各个省基本都有回族，都有回族作家，但其发展又极其不平衡，我们采用了以全国大区来划分章节，以首都北京和全国六个大区为脉络来论述的办法。以大区来分章论述，固然便于论述的展开，但是对于回族文学发展的脉络、各种体裁发展情况的论述，又有着它的不足。因此，我们又有意在当代卷的绪论中和每章前的概述中，加强了对“条条” 的论述，即对各种文学体裁的论述。这样“块块”与“条条”的结合，经纬的交织，就保证了回族文学史编写的完备，使人们对回族文学的发展及其特点有了清晰、全面的了解。

三是学术上更深入。由于我们这部书编写出版得较晚，所以我们有条件吸收、消化各民族文学史编写的优点和长处，特别是我们这部书的主要作者，都是国内回族文学研究的资深专家和权威学者，有的毕生从事回族文学研究，因而，这就保证了我们这部书的高质量。

明江：每个民族都有自己不同的历史文化和宗教，《中国回族文学通史》在编写过程中有没有遇到困难？

杨继国：在民间文学卷中，民间文学首先就要讲神话，我们认真研究了阿拉伯语关于神话这一词汇的不同解释，又认真参考了伊斯兰教关于真主创世的观点，并深入请教了民族宗教界的领导和专家，最后采用的表述是：“因受阿拉伯文化的影响，在回族民间，‘神话’一词，仅限于虚构、幻想类故事。认为那些《古兰经》之外的故事才是人们编造的故事，才可以称之为神话。”这样，既尊重了学术的规范，又照顾了群众的感情。

再如，在古代文学史中，许多回族作家的族属一直存有争议。如元代著名诗人萨都刺，权威的中国文学史莫衷一是，几种说法并存。在我们的《中国回族文学通史》古代卷中，不但依据历史记载，说明萨都刺出生于西域回族世家，而且深入刨根问底，翻检各种《萨氏族谱》，均找到了萨氏“先世色目人”的记载，还查证了明代萨氏后裔在福州修建清真寺的碑记的记载，以及福建闽侯县萨氏宗祠中记载其先祖为“答失蛮”的楹联。以此证明，数百年以来，无论在血缘关系、宗教信仰等方面，经历了多么复杂纷纭的变化，萨氏后裔们一直承续着有关自己家族源于回族的历史记忆和清醒认识。不仅如此，还找到了清代萨氏后代子孙“变俗”的记载，这也是至今萨都刺的族属产生异议的原因所在。

《中国回族文学通史》的编纂成功，关键是我们拥有一支优秀而专业的编写队伍。在此，我作为主编，对付出辛勤心血和做出卓越贡献的各位主编、编委和撰稿人表示感谢。

明江：经过这么长时间的回族文学史的编写，你们对回族文学发展的历史和现状有一个怎样的总体印象？

杨继国：我们对回族文学发展的历史和现状有了更清晰、完整的认识，也有许多感悟。

第一，回族文学不仅在历史上涌现了许多杰出的作家、优秀的作品，而且在当代更是人才辈出、灿若群星，获得了优异的成绩。我们这部书原计划写 180 万字，但现在却写成了 320 万字，尤其是当代部分，有 120 万字。不是我们想多写，实在是东西南北中的回族作家太多了，而且以前没有表明族属的作家 ，这时也不断被发现，实在是难以割舍，压来压去，还是这么多字，这是和回族文学实际的情况相符的。

第二，回族文学的创作领域非常丰富，作家风格也多种多样。漫步于回族文学创作的形象画廊，我们可以惊奇地看到，回族作家们展示了多么广阔、丰富的创作领域啊！一个民族文学创作题材的丰富与否，反映了一个民族人民的现实及内心世界的宽阔和丰富程度。这种题材的丰富性，使回族文学像一条汪洋恣肆的大河，从而呈现出无限壮观、无限丰富的博大境像。这正是一个人口众多的民族所应具有的文学现象。

第三，虽然新时期回族文学创作的艺术题材和作家风格是多种多样的，但是，我们仍然从中可以看出他们相对一致的美学追求。许多回族作家不仅自觉深入民族的现实生活，与本民族的人民同呼吸、共命运，创作了许多深刻反映民族社会生活、表现民族情感、具有民族文化符号的文学作品，就是在一些不是直接反映回族生活，甚至是非回族题材的作品里，也渗透着自己的民族情感，表现出自己特有的民族视角和审美倾向，散发着回族文化特有的灵光和趣味。正是这种同中有异、异中有同的民族风格，使新时期的回族文学在中华文学百花园中独树一帜，具有自己鲜明的民族特点和文化特色。这充分显示了回族作家的文化自觉和回族文学 在风格上的成熟。

由此，我们对回族文学的发展前景充满了信心。尤其是现在，一大批植根于民族文化厚土、文学根基扎实的中青年作家已经成长了起来，仅就宁夏而言，石舒清、李进祥、马金莲等人的创作成绩不俗，已引起了文坛的注目，假以时日，他们一定会成为中国文坛的栋梁之材，因此，我们完全有理由相信，沿着这条良性发展的轨道，回族文学的发展前景会更加灿烂辉煌。

[原载《文艺报》2015年5月8日第5版]

文艺家访谈：手捧硕果报桑梓

马星（宁夏文学艺术院副院长，《宁夏文艺评论》编辑）：继国先生，您是我区文艺界的老领导，曾任过宁夏文联党组书记、主席和宁夏文史研究馆党组书记、馆长，现在还担任着中国作协少数民族文学委员会委员，中国民协顾问，中国—阿拉伯国家顾问委员会委员等重要社会职务。我们也知道，您著述颇丰，是一个文艺上的多面手，不但是摄影家、散文家，民族、民俗文化学者，同时也是文艺评论家。今天，我想侧重于您在文艺评论方面的工作、情况和您聊一聊好吗？

杨继国：好的，很高兴在这样一个阳光明媚的日子和你聊聊这个话题。

马星：在一般人看来，文艺评论工作要求很高，不但要有较高的文学、艺术素养和理论修养，而且是一个比较枯燥、费力不讨好的工作。您是什么时候开始从事这一工作的，为什么要涉足于这一领域，请介绍一下您在这方面的工作情况好吗？

杨继国：我在复旦大学读书时，学的就是文学评论专业，当时在上海的报刊上发表了些文章。大学毕业后，正赶上拨乱反正、思想解放时期，如何肃清过去“四人帮”的那些错误思潮影响，恢复树立正确的文艺观，是当时整个文艺界所面临的重大现实问题，这也引起了我学习经典作家的文艺论述、钻研文艺理论的浓厚兴趣。我曾经写了一篇《“三突出”是修正主义的文艺原则》的稿子在刊物上发表，这也是当时全国最早批判曾风行一时的“三突出”文艺观的文章之一。后来搞文艺评论工作，一是兴趣使然，二是工作需要。我长期在党委宣传部文艺处和宁夏文联担任领导工作，联系文艺界，发挥自己主观能动性的最好工作方式之一，就是文艺评论。我在宣传部文艺处工作时，就经常撰写文章在报刊发表，对我区的文艺创作发展，谈自己的看法，对我区的青年作家进行热情的评论和扶持。有些没人写的文章我写，没人评论的作家我来评论。这样既有效地进行了工作，又很好地锻炼了自己。主持宁夏文联工作后，虽然工作忙了，写的评论文章少了，但对我区作家，尤其是青年作家的创作足迹，始终给予密切的关注，尽其所能地助力于他们的成长。我和同事们一起，在北京成功举行了宁夏青年作家“三棵树”、宁夏青年作家群创作研讨会，在这之前我还热情地撰写了《喜看新树已成林——宁夏青年小说创作谈》的长篇评论，鲜明地提出了“宁夏青年作家林”的概念和口号，从而使之成为全国一个响亮的文学品牌，宁夏值得自豪的一个文化名片。

马星：是的，我和文学界的同志们聊起来，他们说“三棵树”的概念也是您和冯剑华老师提出来的，也使我区的文学工作上了一个大的台阶，创造了历史的辉煌。

杨继国：谢谢！也不能这么说，具体实际的工作都是大家做出来的，我不过是在其中尽了自己的一份力罢了。

马星：您在回族文学的评论和研究方面，也做出了很大的贡献，获得了显著的成绩。谈谈这方面的情况好吗？

杨继国：好！对回族文学的评论和研究，也是我大学毕业后致力的一个方向。主要还是出于一种民族的情感和民族的责任感。当时，回族文学发展还比较薄弱，许多概念尚不清楚。什么是回族文学，回族文学有什么特点，甚至于回族有没有民族文学，回族文学应不应该有自己的民族特征，都有人发出疑问。我当时主要是出于一种不服气的心态，认为回族尽管以汉语言文字作为自己的文学创作母语，但作为一个有上千年历史，拥有近千万人口的一个大的民族，不可能没有自己的民族文学，回族文学不可能没有自己的民族特点。为此，我一方面认真学习钻研文艺理论，一方面认真研读回族已有的文学作品，特别是民间文学作品，先后发表了《回族文学民族特点初探》《回族民间文学与作家文学》《试论文学民族化的实质》等一系列文章，不但回答了回族文学有自己鲜明的民族文学特点，还具体阐述了回族文学的民族特点主要是哪些等问题。同时，我密切跟踪，热情关注回族作家的创作，对他们新创作的作品总是给予认真的研究和热情的评论。当时比较活跃的回族作家，我大都主动写过他们的文学评论。同时，我还花大精力撰写发表了《新时期回族文学的发展》《当代回族小说创作论》《回族文学的自觉与发展》等长篇综论，对全国回族作家的创作经验和总体规律进行认真的探讨，对回族文学的发展趋势和审美风格给以客观的总结。这些文章，在全国产生了一定的影响，为新时期回族文学的发展发挥了积极的作用。后来，我的这些文章结集为《回族文学与回族文化》出版，荣获第四届全国少数民族文学“骏马奖”、首届中国民间文艺“山花奖”学术著作优秀奖等。不仅如此，我还在多年研究的基础上，撰写了专著《回族文学创作论》，从回族文学的定义、范围入手，系统地论述了回族文学的概念和发展，深入地研究了当代回族作家的审美心理、民族意识和民族情感以及文化传承。在回族文学的形式、题材、风格、传统与现实的多方面详尽分析中表述了回族文学的“知觉特性”，并用专门的章节将回族文学与各民族文学进行了比较，阐述了回族文学与各民族文学之间相互学习和共同提高的关系，论证了回族文学的民族性与人类性。同时提出：“回族文学只有在处理好‘认同与超越’关系的前提下才能获得更大的发展。”这部书出版后，曾获中国当代文学研究会、中国当代少数民族研究会颁发的第三届全国少数民族文学研究优秀成果论著一等奖。

马星：您的回族文学的论著有些我也认真读过，感觉既透彻又实在，很有说服力。我还听说，有些大学学生，是参考您的回族文学的论著，而完成硕士、博士论文的。我还记得，我区评论家郎伟说过：从20世纪80年代初开始，杨继国一直是我国回族文学批评界和研究界的重镇。他对“回族文学”概念、内涵的辨析和厘清，他对回族文学与回族文化传统关系的深入思索，他对回族文学民族特点的细腻把握，不仅表现了他在理论问题上的深入思索和敢闯“雷区”的勇气，也体现出他相当深厚的学问素养和艺术积累。

杨继国：过奖了。感谢大家的厚爱。回族文学研究领域许多人都做出了很大的贡献。郎伟教授就是其中的一员，他对宁夏青年作家的热情扶持和帮助，是大家有目共睹的。

马星：我刚才引用的是郎伟撰写的《中国回族文学通史·当代卷》中涉及您的一段文字。说到这部通史，是由您任总主编的。这部书的出版，可以说是回族文化史上的一件大事。您作为主编，其中一定经历了许多酸甜苦辣，给我们说说这部书的编写经过和它的意义如何？

杨继国：好！关于主编这部书，我曾写过一首诗：“五册书稿四年成，其中甘苦谁知情？使命前定岂容息，幸偿宿愿慰平生。”回民讲“前定”，这部书也是我“前定”的宿命。我大学毕业时，曾在王十仪、李树江先生主持的回族文学史编写组参加了这一工作，但后来由于多种原因，大家的编写工作没有完成而搁置了下来。没想到，在我临退休之时，在大家的鼓动下又重新开始了这一工作，并在大家的帮助下圆满地完成、出版了《中国回族文学通史》。因而我有时候想，我这一生，或许就是为这一目标而来的，也正因为有这一目标而生活得很有意义。

《中国回族文学通史》出版后，在国内外产生了很大影响，新华社发布了通稿，各大网站都做了报道，在民族文学和回族研究方面有话语权的报刊都做了介绍，全国回族新老作家反响热烈，发来了热情洋溢的祝贺。宁夏回族老作家马知遥先生说：“这是回族精神文化史上的一件大事。全书分四卷五册，洋洋300余万字。作为一个回族知识分子，我衷心感谢以杨继国先生为首的一批回汉精英人士四年不懈的努力，我们民族将世世代代永远记住他们的功德。我为我们民族而骄傲、而自豪！”八十多岁的回族著名诗人木斧先生专门写来亲笔信说：“这本书全面地叙述了从古至今回族文学的方方面面，搜集面之广，包容面之大，都是史无前例的，对于今后回族文学的发展，必将引起激励促进的作用。这与你们编写这部书所花费的精力和你们对于回族文学的热爱是密不可分的，是令人深受感动的。”“我还要提及的是，这本书的专章中对我的评价是公正的。我这一辈子不求名、不求利，只求我的同胞能够理解我的心情，理解我、支持我，我就心满意足了。”在这样的热情鼓励之下，我还有什么可说的呢？这使我觉得，我付出的辛苦和劳累都是微不足道的，都是值得的。

马星：在您的征召下，我也曾参加了《中国回族文学通史》的部分工作，听了两位老先生的话，确实很感动，也很欣慰。那么《中国回族文学通史》出版之后，您还有什么打算呢？

杨继国：目前，我正在筹备《中国回族文学作品大系》的编辑工作，这部大系作为《中国回族文学通史》的配套工程，拟为八到十卷，计划将自古至今的回族文学代表性的作品汇集起来，以全面展示回族口头文学和书面文学的成就和风貌，为广大读者提供一个回族文学的精品读本。再一个是将我的旧著《回族文学创作论》改写、增写出版。这样，一部《中国回族文学通史》、一套《中国回族文学作品大系》，一部《回族文学创作新论》，回族文学的系统工程算是初步完成了，我也可以说是完成了我前定的宿命，做完了我这辈子该做的事了。

马星：您的计划非常好，很宏伟，非常鼓舞人，衷心祝您宿愿得偿，完成这些工作，也是对我们回族文学、回族文化做出的新贡献。现在，我们将话题再扯远一些，请您谈谈您作为一个文艺评论家，对搞好文艺评论工作有何意见、建议？

杨继国：好的，这也是我正想谈的。最近，习近平总书记《在文艺工作座谈会上的讲话》正式出版。我认为，这是一篇非常重要、非常及时的文献，深入学习、努力贯彻这一讲话，对于我们今后的文艺评论工作，包括整个文艺工作，都有深远的现实和历史意义。习近平总书记在讲话中，对于进一步加强和改进文艺评论工作，讲了许多重要观点，概括起来，我认为主要为以下几点。

一是要高度重视和切实加强文艺评论工作。这是很有现实针对性的。文艺评论工作既是文艺事业的重要组成部分，推动文艺繁荣的重要力量，又是党领导文艺工作的有效方法和有力手段。但目前在实际工作中，重创作、轻评论的习惯做法和倾向还是现实存在的。如，我在参加中国作协的有关会议时，就曾多次呼吁，全国少数民族文学“骏马奖”，缺乏评论奖项是不应该的，应该改正。由于文艺评论不被重视，文艺评论工作的地位不高，因而许多人不愿意搞文艺评论工作，现有的文艺评论者的工作积极性不高，文艺评论的数量、质量都不能与文艺创作及时跟进，甚至于经常出现评论缺席的现象。

马星：是的，对此我也深有同感，难怪许多原本搞评论的都改行搞创作了呢。

杨继国：创作和评论，是鸟之双翼、车之双轮，缺一不可。现在都讲生态平衡，在文艺领域，若缺少了评论，也会造成文艺生态失衡，严重的还会出问题呢。

马星：是的。下面请你接着再说第二点。

杨继国：二是倡导说真话、讲道理，营造开展文艺批评的良好氛围。习总书记鲜明地指出，真理越辩越明，一点批评精神都没有，都是表扬和自我表扬、吹捧和自我吹捧、造势和自我造势相结合，那就不是文艺批评了。文艺评论要的就是批评，“一团和气”不是良好的批评生态，“一评就跳，一评就骂”更不是衡文论世的正常氛围。这更是具有鲜明针对性的。现在由于文艺评论工作不被重视，讲真话不大容易，因而，不少文艺评论是雇佣评论、金钱评论，只能说好，不能说坏。甚至是稍说一点不好，就受到围攻和谩骂。这种不好的风气，既是不良社会风气的影响所致，也更进一步毒化了社会风气，对于我们民族的思辨精神和民主精神是极其有害的。

马星：是的，如若大家都不说真话，我们的社会将会是什么样子？文艺评论没有棱角，也就失去存在的价值了。下面请您说第三点。

杨继国：三是创造性地提出了文艺评论的客观标准。习总书记指出，要运用历史的、人民的、艺术的、美学的观点评判和鉴赏作品。这对我们的文艺评论标准和方法是一个创造性的深化和升华。“历史的”，即运用历史唯物主义和辩证唯物主义的观点，客观真实地反映历史和现实生活。当前，在我们的荧屏上、银幕上，戏说成风，随意改编和臆造历史事实，任意涂抹歪曲历史人物，这不仅不能给青少年以正确的历史和历史观的教育，而且造成了不尊重历史、不尊重客观、不实事求是的不良的社会风气。“人民的”，即要站在人民的立场，不但要让人民成为我们文艺作品的主角，而且要真实地表达出人民的思想感情，焕发出正常、健康的人情、人性的光辉。现在我们的文艺创作，真实表现人民群众，特别是基层劳动群众的作品少了，即使有一些，也多是闹剧、喜剧，广大人民群众，特别是基层劳动群众的生存状态、喜怒哀乐、思想情感、精神诉求表现得很少。以至于近日有媒体惊呼：“不是搞笑，就是搞特效，中国电影正变为中国喜剧。”不改变这种现状，不仅是严重脱离人民的，而且会使我们文艺创作的路子越走越窄。“艺术的”，即要遵循艺术规律，以艺术的标准进行文艺创作。现在，我们的许多文艺作品艺术标准很低，甚至于低俗下流，将肉麻当有趣。有的只讲好看，主观臆造，随意编排，情节离奇，漏洞百出，缺乏对观众起码的尊重。这些打着“艺术”的旗号而糟蹋艺术的东西，败坏的不仅是观众、读者的口味，而且败坏了青少年的艺术感觉，久而久之，将会造成难以估量的恶劣影响。“美学的”，即按照“美”的规律来创作和评论文艺作品。这看起来容易，其实是一个很高的标准。这就需要我们文艺工作者不论是从事创作的还是从事评论的，都要认真学习美学理论，具有起码的美学修养，这样创作出来的作品，写出来的文艺批评文章，才能具有艺术的、美学的高度，才有利于提高整个民族的艺术素质和文明程度。因而，习总书记提出的关于文艺评论的这些标准非常务实，非常具有现实针对性，而且非常具有理论性，是对马克思主义文艺理论的新发展，对我们党指导文艺工作经验的新总结。对于今天的文艺评论工作和整个文艺事业的繁荣发展，都具有极其重要的指导意义。作为我来说，要很好地学习领会，努力按照总书记的教导，做好自己今后的工作。

马星：您刚才谈的学习习近平总书记文艺座谈会上讲话的几点心得，非常精辟，对我很有启发。今天我们聊了许多话题，聊得非常愉快，获益匪浅。这也使我想起了我区著名作家张贤亮先生曾为您题写的一首诗：“学者官员两栖之，塞上文坛君为师。高原行走志不辍，捧得硕果报桑梓！”确实对您的评价是很准确的。衷心感谢您，也真诚地祝愿您身体健康，工作顺利，继续为我区的文艺事业做出新的贡献！

杨继国：谢谢！

[原载《宁夏文艺评论》2015 年卷]